浮生再记

● 沈君山 —— 著

贵州出版集团
贵州人民出版社

图书在版编目（CIP）数据

浮生再记 / 沈君山著 . — 贵阳 : 贵州人民
出版社，2023.12
ISBN 978-7-221-17902-9

Ⅰ . ①浮… Ⅱ . ①沈… Ⅲ . ①散文集 – 中国 – 当代Ⅳ .
① I267

中国国家版本馆 CIP 数据核字（2023）第 170687 号

浮生再记
FU SHENG ZAI JI

沈君山/ 著

出 版 人：朱文迅
出版统筹：陈继光
责任编辑：潘江云
选题策划：九志天达
装帧设计：尚燕平
出版发行：贵州出版集团 贵州人民出版社（贵阳市观山湖区会展东路SOHO
　　　　　办公区A座）
邮　　编：550081
印　　刷：三河市金泰源印务有限公司
开　　本：880×1230毫米1/32
字　　数：160千字
印　　张：8.5
版　　次：2023年12月第1版
印　　次：2023年12月第1次印刷
书　　号：ISBN 978-7-221-17902-9
定　　价：48.00元

纪念我的母亲

沈骊英　女士

她在我九岁的时候去世

一九三二年，外祖母和她的孙辈，在她怀中的是我。我的外祖父是最早一批法国留学生，主修数学，三十余岁时在法国因脑溢血中风去世，外婆独自抚养四个子女长大。

一九八八年，与弟君岳，暮色苍茫时。

一九九二年，与子晓津在新竹清大相思湖。

一九九三年与汪道涵先生合影。

一九九四年担任校长时，从宿舍骑车上班。

二〇〇五年，四川都江堰，参加两岸精英论坛。

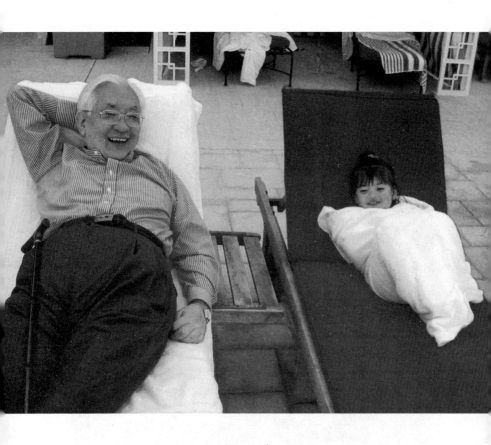

二〇〇五年，与幺孙女Helen，春日和煦。

摄于二〇〇五年。

目　录

《浮生再记》代序

　　本书一共四辑。第一辑是怀忆师友少年往事的散文；第二辑讲我的清华岁月和对高等教育的一些观念；第三辑是回忆我为官一年的经历，包含两篇当时的访问；第四辑是给我的围棋徒弟施懿宸的三封信，前后相隔十九年，是以围棋为主题，讲我对专业和业余分际的一些看法。四辑收的都是散文，大多曾在副刊刊出，并没有时间性。

　　本书的始轫和完成，首先要感谢九歌的总编陈素芳女士。《浮生三记》出版后，偶尔相通电话问问销售的情形（这是需要勇气的），她总说还不错，有得赚，去年初秋，陈总编忽然捧着些影印的剪报来给我看，说再写些，就又可以再出一本书，而且，《浮生三记》也可以改版了。

　　我在六年前中风后，行动不便，被迫乖乖地待在清华，慢慢地发展出一个生活的routine（常规），包括每天清晨的动笔，多半是因书信杂志而起，有所感有所思时，也写些散文时论，受了这鼓励，就更勤快些。重整旧作，补写新篇，编出一本书来，其风格和以前的《浮生三记》《浮生后记》（天下文化出版）相似，取名《浮生再记》，是为浮生系列之三。

除了要谢谢陈总编和九歌等同仁的协助外，还要特别谢谢洪素瑜女士；在这个互联网时代，没有她打字、校正的帮助，像我这样只知"笔耕"不知与时俱进的老派作者，这本书一定还只是一叠蒙尘的稿纸。

二〇〇五年六月

第一辑

秋山又几重

愚公子移山

　　我的父母都是学农的，是20世纪20年代美国康奈尔大学的留学生。那个时代，有志青年学农的很多，因为中国以农立国，农民人口占了80%，要为人民服务，最实在的莫过学农。父亲在江南农村长大，从小就见到农民朴实勤奋，但因方法技术落后，吃了很多苦，花了很多力气，成果却有限，早早就立定了学农的志向。母亲原在波士顿的卫斯理大学求学，暑假到康大打工进修，做农科教授的助理，才和父亲认识。两人是真正志同道合的结合，而且终生未易其志。母亲于中日战争时在实验室中过世，实验的成果——杂交产生的小麦品种，以骊英（母亲的名字）一号、骊英二号等为名，延续下去，成为后来许多改良品种的祖先，其经过被载入史册。父亲到台湾来以后，有一个安定的环境，参与领导台湾的农村复兴，得遂其为农民服务的初志，对台湾的经济起飞，也帮忙奠下基础，辞世时诔之者曰："治学之笃，任事之忠，岳岳君子，士林所崇，功隆国计，泽被畎亩，锲而不舍，为而不有，高龄辞世，遗爱长存。"乃颇为确切的写照。不过这是后话。当初，他们一九二六年学成归国时，中国正处在近百年难得的安定环境，五四运动方过，北伐初定，德先生赛先生方在锋头上，以科学实践救国，以民主开创风气，举国颇有欣欣向荣的气势。那时，出国留学的本就不多，夫妇同学科的更少之又少，归国的沈家新婚夫妇，是拔尖的新派人物，他们自己也胸怀大志，充满憧憬，家居燕话，常以居里夫妇为榜样，虽觉得离他们的成就境界尚颇有不如，不过当以之为法。他们回国后进入中央农业实验所——南京郊外的一个国家研究机构任职，不久就在实验田地附近临溪的地方，买了块地，自行设计了一栋两层楼的小洋房，每天早上，他们循着沿溪的小径去工作，我就自个儿到溪边玩耍，听潺潺的溪声，看蝌蚪长大，然后和蝌蚪长大后的青蛙比赛叫起来谁声音更响亮。我最早的童年就在这样的环境中度过，有许多老来愈发鲜明的回忆。但其中突出的，却是父母亲的一次争吵，而这次争吵的起因和促成者是我。

一杯水的故事

一天傍晚，父母一起从实验室回来，父亲去书房工作，母亲就在厨房准备晚餐，我在两房之间窜进窜出地自得其乐，忽然看见母亲把一杯滚烫的水，在两个杯子间倒来倒去，引起了我的好奇：

"为什么要把水倒来倒去呢？"

"要让它快点凉。"母亲说。

"快点凉？那为什么倒来倒去就会快点凉？"

"因为多一个杯子热就散得快些。"

"为什么多一个杯子热就散得快些呢？"

母亲正在炒菜，有点不耐烦，但我的好奇不能不尊重，只好耐下心，解释面积大了，热就散得快。对于一个四岁，最多只有五岁的小孩，显然这大大超过了他能理解的范围。

"为什么面积大了就凉得快呢？"

科学家的妈妈没有办法，显然这也大大超过她教育的能力，何况菜也等着下锅。

"去问爸爸，妈妈要炒菜，厨房太热，快去……"

厨房确实太热，我咚咚地跑到书房，爸爸正在赶写报告。

"爸爸，妈妈用两个杯子把水倒来倒去，说这样凉得快，为什么？"

"哦，那是因为经过空气就凉得快。"爸爸把头微微抬了一下，手中的笔并没有停。

我有些疑惑，这和妈妈说的不一样。

"爸爸，不是这样啦，妈妈不是这样说的。"

"就是这样。"

"那妈妈说的不对了。"

"对，喔，不对，不对。"

我看爸爸没有再说下去的意思，有点没趣，折回厨房，厨房里火苗正旺，菜炒得毕毕剥剥。

"妈妈，爸爸说你不对，你说的不对。"

"什么？"

"爸爸说你不对，你不对。"

"胡说！"

妈妈显然有些不耐烦，"胡说"的声音高了些，可能书房也听得见，她没有再理儿子，继续翻炒锅里的菜。我感觉有点被冷落的委屈，又折回书房，爸爸还是忙着写报告，没有理我。我摇着爸爸的胳膊：

"空气怎么冷水呢？妈妈说你胡说。"

看来报告是写不下去了，叹了一口气，把笔搁下，但还是坐着：

"她才胡说呢，当然是水经过空气把热散了。"

我觉得父亲是在敷衍我，有些生气，拖着父亲站起来：

"妈妈说你胡说，你就是胡说，水为什么凉？去问妈妈去。"

爸爸没有办法，只好被我牵扯着，进了厨房。平常爸爸是不大进厨房的，妈妈也不欢迎他去，君子远庖厨嘛，他们和那时大多数的所谓新派一样，虽然思想上是新派，但生活相处还是传统的。

"妈妈，爸爸说你才胡说！"

"什么，谁胡说？"炉子火苗正旺着，一颗颗亮晶晶的汗珠在妈妈脸上闪闪发光。

我看看妈妈，又看看爸爸，爸爸的嘴抿得好紧。

"爸爸说你胡说，可你也说爸爸胡说。"

于是他们开始辩论，究竟是谁胡说，究竟水是怎么凉的。

这样的辩论，在实验室里肯定是常常发生的。妈妈比较敏锐，脾气也比较急，大多时候爸爸总让着些，但在重要处，还是挺坚定的。当然，那都是学术上的辩论。

这一次照说也是学理辩论。可情形不大一样，是在油烟弥漫的厨房，还有儿子一双骨碌碌的眼睛转来转去地看着，看究竟是谁在胡说。

这就牵涉面子和尊严，那是不能退让的。辩论开始情绪化起来，后来干脆用英语，估计是觉得让儿子听吵嘴不太合适吧。

那次争执怎样结束、究竟谁承认了是胡说，不太记得了，但后来老魏，一位常常陪我玩的司机兼门房告诉我，可能我也有功劳，他正在洗车的时候，忽然看见我从房子里冲出来，大声喊着父亲和母亲的名字：

"沈宗瀚和沈骊英吵架了！"

他赶紧拉住我，妈妈接着也从屋里跑出来，有点尴尬也有点抱歉地把我抱了回去。

这场风波可能就是这样结束的，总之，这事给我留下深刻的记忆，在我那时幼小的心灵里，父母的形象是很高大的，两个高大的形象为了一杯水的真理吵了起来，两张坚持不让的脸，让我永远记得。

春去秋来，好景不长，我五岁那年中日甲午战争爆发，小康的局面就此结束，我也逐渐步出无忧无虑的童年，我们开始"逃难"。逃难一词，对现在中年以下的人是完全陌生的，但那时却是耳熟能详的名词。从南京到鄂湘，到云贵，到川陕，再回到南京，最后逃到台湾，才安定下来。

愚公子移山

但是真理的灾难，却一桩又一桩地追随着我，首先是打菩萨，七八岁时在课本上读到童年时期的孙中山为破除迷信，身体力行地把庙里的泥菩萨给打毁了，非常佩服他的勇气。见贤而思齐，就用扫把，趁着母亲上司的上司、笃信礼佛的陈济棠部长来视察的时候，当着他的面，把母亲实验室借居的庙、宝庆寺的如来佛，扫打了一顿。如来佛可能不觉得怎样，我却好好地挨了一顿揍，挺痛的。

这个故事后来写了出来，收在《浮生三记》里，此处不再赘述。另外一桩，没那样壮烈，却也挺有意义，追述于此。

几乎就在打菩萨同时，我在学校里接收到两项新知，自然课上老师告诉我们，地球是圆的，中国的那头是美国。在国文课上老师让我们背诵《愚公移山》，典出《列子》，大意是说有太行、王屋两座大山原在河冀之间，九十岁的愚公面山而居，嫌其阻途，聚家人商议要将其移去。老妻疑曰："以你的能力，连座小丘都铲不平，能动得了太行、王屋吗？"愚公不理，率领儿孙动工，邻居的小孩也跳出来帮忙。

智叟听说大笑："你真自不量力，残年余力，你能动山之一毛吗？"愚公回答："虽我之死，有子存焉，子又生孙，孙又生子，子子孙孙，无穷匮也，而山不加增，何苦而不平？"

天帝听说之后大为感动，就命手下把两山移走，从此河冀之间，再无阻塞。这个故事描述生动，其人定胜天的英雄气概，令我幼小的心灵大为钦佩。

有人说，联想是创见突破的原动力，我那时似乎就显示了这份才能。美国富裕民主，但去美国要飞越喜马拉雅山，要渡过大西洋，是千难万难的。但地球既是圆的，中美各在两端，从地心打个洞穿过去，不就到了？事实上，我曾就着地球仪仔细地考量过，从荣昌（我们流亡到的四川的一个小县）打个洞笔直地穿过去，大概就会到美国东南部田纳西一带的地方。

要做成这件事似乎十分困难，但是"子又生孙，孙又生子……子子孙孙，无穷匮也，而山不加增，何苦而不平？"人定胜天，何事不可为呢？

于是我把愚公移山的哲学精神和"地球是圆的"科学事实联想到一起，打个洞就能穿到美国去，理论上（以我那时的知识）似无不可，既然如此，当然就要去实践！

做当代愚公英雄的幻想鼓舞着我，于是缠着老魏帮我去找锄头铲子，那时家里的汽车早就卖掉，老魏也早不开车，在农业实验所挂个闲差，锄头铲子有的是，很快地备齐诸器，于是，每天下了课，我就在后院开始挖洞，爸妈一时非常奇怪，日常顽皮的君山，怎么如此安静？想问问我，我却故作神秘地不肯说，到后院来看，又被挡了回去，老魏悄悄地告诉他们，大少爷借了锄头铲子在挖地呢，两老暗暗地惊喜，莫不是儿子要务农？居里夫妇不是有个女儿，也搞放射化学，那真是克绍箕裘，后继有人了。

就这样挖了七八天，洞已有半人多深，中间又下了场雨，积了些水，渐渐地不容易挖了，但这正是劳其筋骨、苦其心志的时候，必须经得起考验，于是仍然奋力地挖，但是不可避免的结果终于发生。一天傍晚，正在挥锄勤挖时，一个不小心，连锄带人跌进了泥坑，浑身污泥不说，手脚都湿滑了，竟爬不出来，挣扎了很久（不能承认失败呀！），仍然出不来，终究还是小孩，呜呜地哭起来，但尽哭也不管用，又爬上滑下了几次，终究大喊起救命来，这招管用，爸爸、妈妈、老魏都跑来了，看着困在泥浆中大哭的我，捞了起来，问道"怎么回事"。

怎么回事？后来当然明白了，晚上洗完热水澡，喝完热汤，干干净净地赖在妈妈怀里，呜呜咽咽、吞吞吐吐地把理想和经过说了。妈妈听完后只是叹了口气，把我搂得更紧更紧。再过了几个月，中秋之后的一个下午，她就在实验室中去世了。从此，我将"愚公移山"置之脑后，却想不到，三十年后又再相逢。

——原载二〇〇四年七月十八日《联合报副刊》，

选入本书有删减

高等微积分

　　20世纪50年代初的台大，物理系和数学系学生最怕的一门重头课是高等微积分，我的高等微积分（以下简称高微）老师是数学系的系主任沈璿，早期的日本留学生。他个儿矮矮的，可是往讲堂上一站，就忽然高大起来，平时笑眯眯、讲话也慢吞吞的，但考的题目却都是一些需要特殊技巧的难题，他对本科数学系的学生比对物理系学生更加严格，后来成为著名数学家的项武忠、项武义兄弟和现在中山大学的王九达教授，都在他手上吃过苦头，学生怕他怕得厉害，私下叫他沈大头，可见了面就毕恭毕敬。我记得一位是我们叫老刘的球友。那时台大有几个主要的篮球队：师大附中毕业的校友组成的附友、建中毕业的校友组成的建群，还有不属门派凑在一起的黄蜂、星云等，互相争雄。老刘是我们黄蜂的主将，182厘米的身高，现在打后卫还被嫌矮，但那时已算高个儿，擎天一柱，篮球架下一站，"火锅"一个个的给，是我们的主将。

讲起"火锅"，字典上的定义是一种菜的做法，这也是一般人的了解。但在篮球场上，谁都知道就是block，这是台湾的特殊用语，用了五六十年，不上字典，可大家都懂。

老刘打球认真，绝不独霸，和谁都谈得来，是极好的一个人。可有一个毛病，就是打球打到一半，常会忽然不见。原来他是数学系的，和大多数数学系的学生一样，当初不知怎么填的志愿，糊里糊涂就被分发到数学系，从此转不出去。他高微的考试老是过不了关，而且分数越考越少。我们进去做新生时，他已是四年级学生。早两年他选上了校队，沈璿做系主任，也不让他去参加。这两年就只剩下高微一门必修课了，但总搭配着一两门营养课一起选，以免跨不过二分之一的门槛。黄蜂队一组成，老刘就是我们的基本队员，他怕极了沈主任，沈又认为打球耽误功课，下午五时前后，沈下班回新生南路的宿舍，篮球场是必经之途，所以一过四点老刘就心神不宁地望着数学馆（那时是在行政大楼的东侧）的大门。远远一个影子，我们都没看清，他就呼地溜了，过了五分钟，那个影子踱过球场，再一两分钟，老刘才再出现，谁都不知他躲在哪儿。起先他溜的时候，还给我们打个招呼，后来次数多了，连招呼也不打了，算是个自动的time out。这在平时还好，自然有人补上来，正式比赛可麻烦了，有一次碰见死对头建群，我们原就因为赛球和他们打过架，建群的田长霖还把裁判桌给冲垮了。这次是一个校内什么杯的总决赛，打到一半，我们忽然又只剩四个人，马上叫暂停、换人，但换谁下来呢？那人在哪里？建群抗议，裁判也没法处理，吵吵嚷嚷一阵，眼看赛不下去，忽然老刘又蹭蹭蹬蹬地出现了，原来沈主任已经走过，他向大家道歉。老刘人缘好，又都知道他是真的不得已，就连建群也同情理解，于是判个技术犯规，罚两球，然后球赛继续进行，老刘继续把关，继续给人吃"火锅"。

我那时在台大，成绩算是中上，可绝对不是用功的学生，对高微也十分畏惧，一开学也认真上课，但学期还没过半，偶尔，也是不得已罢，缺了一两堂课，就怎样也跟不上了。但我有两位成绩好的朋友，一位是同班的孙璐，她一直是班上拿书卷奖的，笔记抄得清清楚楚，重点还用红笔画出来。平常的考试，考前两三天我就去找她借笔记，她不但借给我，还指点迷津，什么地方重要、什么地方可能会考，每次最后总是劝告我："下次自己好好抄嘛，不要这样了。"我当然也笑嘻嘻地说："好，好，一定，一定。"但到下一次，当然还是去问她借，她也总还是借给我，虽然先要给个白眼。

但高微的期终考，情形不太一样。首先，课内容转的弯太多，自己看不明白，孙璐也不太解释得清楚。其次，许多课挤在一块考，孙虽是一等一的好学生，时间也分配不过来，要想抢书卷奖的人排着队，等着她考坏，我也不好意思老去缠她。这时就得靠我的另外一位恩人——苏竞存。

苏在物理系早我一年，也常拿书卷奖，他头脑清楚、思路严谨，对数学特别有兴趣。我读高微的时候，他已早一年修过，得了全班最高分——八十五分。高微总是在别的课都考完后，再选一天考。于是，在考前的两天，我们选了一间空教室，那时多数学生已回去，空教室多的是。老师一人，苏君竞存，他在讲台上把一学期的课从头复习一遍；学生一人，就是我，坐在下面，桌上摊着三本笔记，一本整整齐齐，是苏君去年的，一本零零落落，是我自己的，还有一本空白的，我一边听，一边问，一边往空白的本子上记要点。到了中午一起出去吃一碗牛肉面，下午再讲，大概四五点，大要讲完了，师生两人一起放学，经过操场，球友们早就拥在那儿斗牛。我看看苏，他知道我的心意，嘻嘻一笑："去，去，去，明天早上八点半老地方见，可别忘了！"我一冲就混进"牛"群里去了。

当然，说不紧张是违心之论。那时我家住在中山北路三段的德惠街，打完球还要骑四五十分钟脚踏车才能到家，拿盆水往大汗淋漓的身上一浇，匆匆扒两口饭，就赶紧把三本笔记拿出来，对照看看，在脑海中整理出一套自己的体系，到晚上十一二点，实在倦极了，才爬上床。

第二天赶到学校，苏君已经到了，笑眯眯地问一句："昨天打球打到几点钟啊？"然后就往下面一坐，今天轮到我从头讲了。那时他已经有点学者（或者学究）气，支着颐闭着眼听，我打马虎眼的时候，小地方他放过，紧要处却猛地问上一句，看我结结巴巴，就跑上来把公式重新讲解一遍，很有一点显一手的神气。但偶尔也有被我抓住毛病的时候，反刺两下，他也只有摇摇头，嗯嗯两声。这样嘻嘻哈哈的，到中午时，一学期的高微，多少也算过了一遍。肚子也饿了，师生又一起出来吃牛肉面，为了奖赏，也为了慰劳，老师坚持请客，还加了料，算是奖学金。吃完出来，嘴巴辣辣的，可心情畅快，老师问要不要再回去复习一次，学生犹犹豫豫地问："你看就这样可不可以了？"老师说："及格是可以了。"学生再问："真的可以了？"老师点点头，学生扬扬手："那就考完再谢啦！"说罢，推起脚踏车就要走。老师忙说："且慢，且慢。"从口袋里拿出两张纸塞给已经跨上车的学生，原来一张是去年高微期终考的考题，一张是他写的解答扼要。

就这样，上下两学期的高微，我都顺利过关，过关的方式都差不多，分数也不赖，一次七十，一次七十五，算是高分了。

大三以后，慢慢地迷上围棋和桥牌，我打篮球的热情减少很多。黄蜂队其他的队员情形也差不多，各忙各的事，就没有再组队参加比赛，但那水泥地的篮球场，每次上下学还是一定要经过，偶尔还看见老刘，有时在斗牛，有时一个人拿着球投篮，他并没有再参加别的球队。我们大四那年队里办了个舞会，他带了个挺漂亮的舞伴来参加，早就听说沈璿系主任任满，下学期停教高微一年，老刘等着再去选。我半开玩笑地问他，他咧开嘴嘿嘿地笑两声，耸耸肩，算是默认吧，那是我最后一次看见他。不久我参加军训，一年后回来，队友们告诉我，老刘毕业了，等了八年，终于把高微这关过了，他现在在一家私立中学教数学，还带球队，我试着联络了一次，没联络上，也就算了。几年以后，我在美国读完书回来，再问起老刘，知道他已离开原来教书的中学，做生意去了，我心里想：至少终于不必再与数学为伍了，真祝福他。

我虽然高微是顺利过了关，但也不是四年就毕业的。那时理学院德文是必修，对德文我当然是更没有兴趣，所以也照应付高微的方式来应付，而且拖到最后一年才修。因为最后一年过关容易，总不会因为这无关紧要的德文拖人一年吧，这是常识。但是我对德文，却真是一点没有天分，期末考得了四十九分，连补考的机会都没有。物理系的系主任戴运轨对我很好，亲自给教德文的德籍神父说情，说沈君山是很聪明的一个学生，已经拿到国外大学的奖学金，德文不过不能去，太可惜了。但德国神父有他的原则，不为所动，于是只好先去受训，受训完了，回来再补。那时学乖了，知道德国人不好惹，选了一位周老先生教的。周先生是个老好人，也是知名的翻译家，他知道班上来了个名学生，心里怕麻烦，紧张的心情不亚于我，就跟我约法三章，他一年点四次名，只要我到了两次，就至少有七十分。

大学生做研究所助教

于是我就得了七十分，加上军训的一年，差了两年，是读了六年才正式从台大毕业，比老刘的八年略好一筹，不过当然我是没有碰到像沈璿那样的把关老师。但是，在台大虽是多读了一年，却一点都没有吃亏，德文上下两学期只要应四次卯，其他全没事了。一九五六年的秋天，蒋介石先生找梅贻琦来筹建原子炉，清华在台正式复校，吴大猷先生首度来台任教，胡适之也大力鼓吹发展长期科学，我这个无所事事的大学六年级学生，被梅校长看中，做了清华在台首任（而且是唯一的）研究所助教，和梅校长、吴老师，甚至胡适之先生都因之结了缘，因缘得失，真是难说得很。有些故事在《浮生三记》中说过，这儿也不多赘述了。

孙璐和苏竞存一毕业就留学了。那时，成绩稍好一点的学生，几乎一定留学。孙很快就读完了博士，和在台大高她几届的同学结了婚，夫妇俩一直留在美国教书。我初去普渡大学教书时，还在芝加哥拜访过他们一次，她已有了个小孩，忙着研究，早早地就有了几丝银发。我提起大学借笔记的事，她笑着说，有点忘了。过了一阵，似乎又回想起来说，有一次我借了笔记，拖到考试前一天才还，把她急得不得了，不过这事我却不记得了。

苏先去马大念物理，我后来去马大，多少也受了他的影响。后来他终究转读他真正喜欢的数学，也留在美国教书。我五十岁生日的时候，正好在印度开会，顺道去加德满都一游，自我庆生。仰望晶莹白洁的珠穆朗玛峰，忽然想起天涯的老友，买了一张喜马拉雅山照片的明信片，写了十个字：凉风起天末，君子意如何？，画了一个积分符号作为署名，然后写上"于五十岁生日"，寄到他的学校。当时也不确定他收不收得到，不料一个多月后，收到他的回信，首先大表惊异：怎么会跑到尼泊尔去，你去干什么，难道要出家吗？接着报告了一些近况，信末颇为感慨地说，想不到你也五十岁了，他以为我还年轻呢！我也回了一函，简述近况，但以后就没再联系，一晃又二十多年过去，最近"台大校友"来访问我，要谈谈台大旧事，算算已经是上高微五十周年了。时光流逝，带走了我们的青春，也滤清了我们的记忆，大学的一切，现在回想起来，都是温馨的，就连可怕的高微、可恶的德文也都是。真的，怎么不呢，那是我们的青春啊！把这半世纪前的故事写出来，让回忆留住我们的青春，也让青春留驻在我们的回忆中，天涯故人，向你们遥寄祝福吧！

——原载二〇〇三年十一月二日《联合报副刊》

吴大猷先生的讲稿

　　吴先生教学应该近六十年了，在他从研究院退休之前，我们就想请他退休后到清华来讲门课。说实在话，当时并没有想要吴先生认真地来上课，只是深知吴先生喜欢"讲评"，讲是讲物理，评是评时势。一讲到物理，尤其是基本观念，吴先生就如鱼得水，整个人生气蓬勃起来。至于评，吴先生是有评无类，尤其我们这些晚辈中的资深人士，听的教诲最多。清华园是最适合吴先生讲评的地方，因此我们请吴先生来教门课，多少也有点让老先生悠游林下的意思。

　　却不料吴先生是一点也不放松的。今年年初，吴先生交接了"中研院"院长，第二天我去他的寓所探望，只见一桌子摊开的书，满头银发埋首其中，奋笔疾书，所写的就是要来清华授课的讲义，现在已经两个月了，每周都有二三十页的手稿，物理系的许贞雄教授为之校对打字，双方来来往往，总要好几次才完稿，连一个标点符号都不放过。管惟炎教授是在苏俄接受高等教育的，苏俄的高等数理以教学扎实著称，现在吴先生的课每堂都去听，管先生告诉我，仍是受益匪浅。

吴先生第一次回台湾讲学，也是在清华大学，是一九五六年，离今天三十八年了。那时他在清华的研究所和台湾的大学部各教一门课，分别是量子力学和古典力学，做助教的正是我。所谓助教，实在是一点"教"的意思都没有。我在台大读了四年，受了一年军训，但是因为那时是必修的两年德文，始终没有及格，所以还不能算毕业，要回到学校补修德文。德文课我是从来不上的，补修时还是照样逃课，不过前辈同学指点我一条明路，从德国神父教的班上转到一位周教授的班上，周教授是好心人，也是当时物理系主任戴运轨先生的老友，承载老师嘱托，知道班上会有位叫沈君山的同学，可能不会来上课，但不是普通的坏学生，能让他及格还是让他及格。果然，第一学年我第一堂课去了，最后的考试也去了，当然是及格了。第二年我去了美国，点名簿上还是有我的名字，每次点名似乎也有人应到，周教授也不多深究，学年完了给这位在美国的沈君山七十分，那真是大学教育的黄金时代！

我在台大补德文课时，清华的原子科学研究所开始招生，那时留学之风方兴，物理系毕业的学生，最好的留学了，次好的考上清华大学的研究所（全台唯一的研究所），再次的也已就业。梅校长慧眼识珠，看中了在台大校园晃来晃去的主修篮足棋桥，还有余力的沈某，找我去做助教。复校之初，最初的清华校址只有两间房，在中华路，半年后迁去金华街，就是今天的月涵堂旧址，除了梅校长外，全校有四位兼任、四位专任，兼任的四位老师，是戴运轨、潘贯、方声恒和吴大猷。

四位兼任老师中，前三位都是台大的专任教授，吴先生则是从加拿大专程返台的，四位专任老师是赵赓飏、卞学钤、连志玖和沈君山，分任秘书、讲师、工友和助教。

助教的职务之一是送薪水，吴先生他们四位都是每个月八百元。据说，吴先生是由胡适之先生特地请回来发展科学，另有高薪。四位专任中我的薪水是每个月两百八十元，连志玖先生都比我多一百元。不过无论如何，我名义上是助教，所以清华大学第一届的研究生陈守信、林多梁等，到今天排起辈分来，恐怕总得叫我声老师。还有，清大历史上大学没毕业就做助教的好像只有两人，另外一位前辈是大名鼎鼎的华罗庚。所以，清华大学迁台第一位助教的名义，我是不会放弃自我表扬的机会的。

助教的任务，除了送薪水和偶尔陪着老校长去寻新校址外，就是帮吴先生整理讲义。那时电动打字机都还没有，更不要说复印机了，吴先生写好手稿，先要打字，这打字在当时不是简单的事，讲义上复杂的积分微分符号，打字机上却没有，一般打字员都不会打，所以吴先生辗转地请托一位他亲戚的亲戚，据说原也是学数理的打字。打好了，就交给我去油印，然后分给大家。第一次吴先生把手稿交给我时，还叮嘱我仔细校读，我只有支支吾吾一番。天知道，我这个助教不是真的，什么Lagrange（拉格朗日），Schnodinger（薛定谔）等，真是连名字都拼不对，更不要说是物理内涵了，吴先生那次回来，是胡适之先生特别向蒋介石先生推荐，台湾要发展科学，吴先生是不可多得的领导人才。虽然吴先生非常忙，但是他对教课，一点都不放松，每次准备了讲义，油印发给学生，自己还要拿一份，看看有没有笔误之处——因为很快他就发现，我这位助教是靠不住的——第二次上课时，还写在黑板上让大家更正一番。

三十八年过去了，吴先生这"不放松"的精神，一丝一毫都没有减退。当然，他现在有位靠得住的资深教授——许贞雄助教，和那位未毕业大学生沈助教不能相提并论，但是每次看到许教授拿了吴先生再三修正的讲义，竟为了一两个符号文字推敲，和台北往往复复地通电话、发传真，就不禁回想起当年来。三十八年前清华复校的第一份讲稿，没有留下来，现在把吴先生最近的手稿刊出，一方面是向做人师的典范致敬，一方面也怀念那筚路蓝缕的年代。

（编者按：吴先生的手稿，现在都收存在清大图书馆，永留纪念。）

——二〇〇三年十一月三日吴大猷先生清华大学讲稿序，二〇〇五年改写

（壹）

（贰）

吴大猷 1999年一月

吴大猷先生最后的未完成著作《早期中国物理的发展》，经叶铭汉教授整理补足后，由吴大猷学术基金会出版。本页为该书手稿，写于一九九九年一月，同年三月吴先生因心脏病发入院，就再没有出院，于二〇〇〇年三月四日去世。

挨骂的故事

　　吴先生最不喜欢人说不真诚的话、写不真诚的文字，他臧否文章，也很显示他的个性。有一次，大概是爱因斯坦百年诞辰，报纸要我写篇纪念爱氏的文章，对于爱氏，稍懂科学的人，无不有高山仰止，虽不能至心向往之的仰慕。我很用心地写了，登在副刊上，被吴先生看见，他找出其中地名、校名等有小错误之处，写了篇小方块，用读者投书的方式投到报社，编者只好照登，但又很不好意思地打电话给我："实在抱歉，但吴老写了来，也不能不登。"我原没看见，赶快去找来看，看了之后，大为高兴，高兴地给编者回话："你知道吗？这是在夸赞我，这表示他看了，而且仔细看了，找到一些小毛病，但大处没错，心中喜欢，才会不厌烦地给你们写指正！"

　　吴先生从不正面夸我，但做了他喜欢的事，会转个弯来小骂，我听了心领，有时忍不住补足指出他言外之意，小小地自我得意，那时他会翻起眼睛，从眼镜下面看着我，哼哼两声。

但真骂的时候也不少。有一年我"入阁"做了"政务委员"，那一年挨的骂最多。有次为出席北京科学会议的事，在电话里整整地被他训了二十分钟。还有一次，为应付报纸，写了篇论科学发展的官样文章。隔了几天，去广州街他的住处看他，在茶桌上看见我的"鸿文"赫然摊在那儿，上面红笔眉批以及××琳琅满目——他当然知道我那时要去看他，手里还拿了篇胡适之的陈年旧文《文学改良刍议》，大概是从《胡适文存》中复印出来，文中揭橥八不主义：一、不做言之无物之文字；二、不做无病呻吟的文字；三、不用典；四、不用对偶……在一、二两条旁边还密密地勾了一串红圈圈，他把文章给我，"看一看！"就自去书桌前做自己的事。我匆匆浏览一遍，知道今天又要挨骂了，心中盘算一番，有了对策。就在他抬起头走过来时，先发制人，对吴先生说："适之先生这篇文章，恐怕有些矫枉过正，作文为什么要避用典？用典就是用成语，有时一个成语，三四个字，胜过千言万语。还有对偶，对偶文学之美，是中国文字特有的，一篇文章看完了，啰唆的都会忘记，美丽的对联却永远记得。总之，作文就是要自然，当用则用，不当用则不用，刻意去避开就和刻意去用一样，矫枉做作就不真了。"最后还加一句，"吴先生不是也喜对联吗？"

胡先生是吴先生一生最尊敬的前辈知己，见我忽然批评起他来，一时愣在那儿，过一阵回过神来，虽明知我居心可疑，还是忍不住地要为胡先生辩护，"矫枉有时必须过正，胡先生那个时候……"

　　那一天的谈话，就再没有回到我的文章上来，适之先生帮我逃过一训。

——原载二〇〇一年三月三日《联合报副刊》

（原名《一本没有完成的书》）

二〇〇五年改写

秋山又几重

——科学营病中再晤王倬

　　一九九八年从清大退休后，我觉得还可以为科学教育出些力，先后创办了对象是高中生的吴健雄科学营和对象是大学生和研究生的吴大猷科学营，本文所指是吴健雄科学营。

　　在科学营期间，演讲的大师们安排住在离会场有一段距离的米堤饭店。第二届吴健雄科学营，我因为一个多月前发生中风，什么事也不能做，只是坐着轮椅，每天象征性地到会场转转，但因为也住在米堤，讲员们不参加活动时，回到旅馆就陪他们一齐喝茶聊天，或者共同晚餐，倒有点像公关主任。其中一次就是和王倬院士共宴。

　　王倬院士和我认识并不算久。大约十四五年前，清大规划成立生命科学院，那时我担任理学院长，负责筹划新院。王院士也正好在研究院筹划中研院的分子生物实验室，对生命科学外行的我，常常向他请教，他也竭诚相助，彼此有一段愉快的交往，建立起一段晚来的友谊。后来他回哈佛大学，我到波士顿时，就常去相访，更喜欢他波城郊区的家。新英格兰是美国最早发展的地区，文物荟萃、名校云集。但郊区小镇，仍保存早期殖民时代留下来的风味，新英格兰最美的是秋天，漫山遍野，万物变色，旧绿新红，争妍斗艳，远道旅客驾车往访，沿着蜿蜒的山道绕过一丘又一丘，丘丘不同，风味却自然调和。东坡先生将西湖比西子，新英格兰就像杰奎琳·肯尼迪。毕竟大家贵妇，不论淡妆、浓抹，处处显露出她的优美典雅。

王倬的家，就在山道边树林深处，房子并不大，很有年代了，舒舒服服、自自然然地从树林里探出头来，似乎天生生在那儿。后面一个院子，靠着山坡，满山枫树，沿着山坡侵袭到院子里来。十几年前的一次往访，印象最深刻。上午到了波城，谈完公事，王倬驾着租来的车子，把我从他的实验室接回他家，自己再回实验室工作。

甜甜一个午睡，洗尽了隔洋的疲倦，蒙眬醒来，隔着客室窗户望出去，枫叶已经红透转黄，一片枯叶，从树梢飘下来。隔一会儿，又一片枯叶，从树梢飘下来，顺着山风，回旋地飘荡了几圈，悄悄地落到院子里。黄昏余晖中，一个园丁，在院子角落低着头打

二〇〇〇年溪头第二届吴健雄科学营。

扫。我打着哈欠，出到客厅，闻到饭香，女主人正在厨房加菜，隔一会儿，满身尘埃的园丁，从院子里回来，原来他就是男主人，笑着解释，这个星期真正的园丁请假，只好自己代庖。晚饭时，主人开了瓶上好的红酒，餐毕，女主人帮我们在客厅里安顿好，自去厨房打理。我们慢慢地一边喝酒一边聊天，从国家大事，到学校愿景，深夜微醺，酒也喝完了，才各自归室。因为时差，白天又睡多了，四五点钟就醒来。窗外阵阵窸窣的声音，也许是虫鸣，也许是树涛，或者这就是欧阳修笔下的秋声吧。在台湾久不闻此声矣！第二天一早一齐吃罢早餐，各自驾车分手离去，我笑着对王倬说："结庐在人境，而无车马喧。陶渊明理想的生活，你倒做到了，而且不用为五斗米折腰！"他正忙着开车去实验室，听了哈哈大笑，隔着车窗指指车前，大概是说还是要为不同性质的五斗米忙吧。

最近一次去王倬家，是去年（一九九八年）十一月底，早晨到波城，晚上的班机就要离开，但上午办完了事，中午吃完工作午餐，他来接我，还是一齐去了他家。照例有上好的红酒，因为还要开车去机场，所以酒浅酌即止。改为用茶，也是正品的龙井。这次夫人不用下厨了，三个人一齐品、一齐聊，窗外枫叶早已凋尽，剩下满园的枯叶，别有一番苍凉的风味。我告诉他，已经从学校退休，有形无形五斗米的压力都没有了，只做些"做我所能，爱我所做"的事，也提起了科学营，他说他也想slow down，原来在学校附近租了间公寓，平常就住在那里，随时去实验室工作，现在也退掉了。说着说着，天慢慢暗下来，我们趁着余晖，出去到院子里，踏着吱吱作响的枯叶，浴看暮色，闲闲漫步，继续未完的话题。说起一位和我们同辈却先走了的朋友，朋友的夫人为他出了纪念文集，上面有王倬的一篇悼文，以一首七言开头：

> 君子之交山涧水
>
> 偶得敛影添清辉
>
> 苍松不识道山路
>
> 犹自伫望故人来

"是谁写的？颇有晋人风味呢。"

"我……我写的。"王倬有点不好意思嗫嚅着回答。

"哦！"我哦了一声。

天慢慢地黑了，树上一两片残留的树叶，还迎着寒风打旋，我笑指着对王倬说："它还坚持呢！明年的新绿不就从这儿萌芽吗？你这儿倒是'年年岁岁绿新发，岁岁年年人依旧'。"他哈哈大笑，我们就这样挥手告别了。

回台之后，科学营的评审委员开会，决定增添生命科学的课程，而且大家都建议请王院士，我打个电话给他，他马上就爽快地答应了。

他到的那天，赶到溪头已是深夜，我们约好次日一齐吃晚宴。夏天的溪头，跟台湾其他山区一样，上午晴晴朗朗，下午三四点钟，乌云聚集起来，一下子就变得墨墨黑黑的，接着痛痛快快下一阵骤雨，又明朗起来。虽还是淅淅沥沥，山里的空气却分外清新。隔着餐厅的落地窗望出去，一片浓绿，却让我忆想起新英格兰的秋天。那红酒能不能再喝了，波士顿也许还能去，王倬的家呢？恐怕也不可能自由地驾车往返了。几分惆怅，话题也不流畅，试问朋友："今天上午听你演讲，好像什么都没放下？"他微微一笑："五斗米已经在心里生了根，我这辈子和实验室是分不开了。"

明天他就要回去。望着这位在国外工作了大半辈子，却依然全身洋溢着中国文化气质的科学家，窗外暮色袭人，一首唐诗，忽然地浮上心头。就着面前的餐巾纸，想写下来，给远客留作纪念，但有一两个字，记不清楚，又把它揉了。我说："你回去后，再给你写封信。"他望着我说："好啊！先谢谢了。"隔了一会儿，又说："但千万不要勉强。"因此就写了这篇短文，代替信吧。

别来沧海事，

语罢暮天钟；

明日巴陵道，

秋山又几重。

——原载二〇〇三年十一月十九日《联合报副刊》

从台大篮球场谈起

——田长霖的伯克利之路

我初识田长霖，是在台湾大学的篮球场上。

那是一九五一年，将近半个世纪以前，我们的生活中网络、电视等都不存在，更谈不上什么卡拉OK，年轻人发挥过剩的精力，可选择的渠道很少。最主要的，台湾经济还没有起飞，大家都没有什么闲钱，篮球是最不要花钱也最方便的，篮球场就成为认识结交朋友最好的地方。那个时候，台大是唯一的大学，其他学校都还是学院。七月上旬，入学考试放了榜，因放假而空旷了的台大被初夏日晒得火烫的水泥球场，一下便热闹起来。一批批刚考上的准大学生，带着稍稍炫耀的神情，呼朋唤友到"我们"的学校去斗牛，等到正式开学，牛友们便组织起来，参加校内外的各种比赛，有以中学校友为主的，如附友、建群，有容纳各路英雄的，如黄蜂、星云，这些是经常争夺锦标的几队。

抢球上篮，效率第一

建群队中有个球员，个儿不高，但出手极快，抢球极凶，常见他一把捞着球，沿边飞奔，一下就到了己方篮下，能自己投，马上就投；实在出不了手，就传出来给队友，目的就是进球。球路并不漂亮，也没有什么花招，但却是极有效率的球员。篮球是贴身运动，难免冲撞，冲撞多了，也难免打架。有一次打架，把记录台打翻，人都打到记录台下去。这位有效率的球员，个儿虽小，却绝不怕冲撞，打架也不落后于人，该争的时候，他是绝不退缩的。

四十六年以后，也是七月底的一天，两位在篮球场上冲撞过，也可能是打过架的球友——或者叫球敌吧——在台北又碰面了，不过这次是在福华饭店江南春的冷气餐厅里。穿了一件休闲夹克，也没有打领带，踩着还是很有效率的步伐，潇潇洒洒地走进来，一点也看不出就是大名鼎鼎的加州伯克利大学的校长，太平洋彼岸华人世界里最知名成功人物之一的田长霖博士。他七月刚从加大校长位上退下来，来台是被教育部请来主持遴选清华大学的新校长。两人紧紧握着手坐下来，在谈正事之前，我告诉他，天下文化出版他的传记，要我写序，我要从台大的篮球场上谈起。他眼睛一亮："啊！黄蜂队！"他也还记得我的球队的队名！然后有些歉然，但也有些怀念地说："那时我真凶。"然后哈哈哈哈地两个人都笑起来。于是穿花蝴蝶的毛乃先、炮台手林衍茂，还有薛攀高、唐道南……共同的球友、共同的回忆，一个个浮现出来，然后一个个地进入话题。

海外留学各奔前程

台大四年，这一批球友，在篮球场上，笑闹竞胜，在篮球场外，各自踏着不同的步伐，走过青春岁月，一齐地毕业、一齐地受训，然后也一齐地谋求留学。那时，留学潮刚刚兴起，但打一个五分钟的越洋电话，要花掉一个公务员半个月的薪水，美国只是一个遥远的、可以编织美梦的地方，充满着各种传奇。"有为者当留学"，社会、父母、青年自己都这样想。留学的方式，各有不同，最快的是螺旋桨飞机，用三天的时间，经过太平洋的小岛，一跳一跳地跳到美国大陆。其次是邮轮，要到香港去搭，载着青春、期望和离情，满船的男女共同度过二十几个星光灿烂的夜晚；也有搭货轮的，绕过巴拿马运河，要走上两三个月，但也都到了彼岸。然后，一齐融入语言文化完全陌生的国度，各奔前程。

在大学的时候，田长霖和我并不熟，球场之外，可能并没有说过几句话，到了美国，就更没有联系。只是渐渐的，听见他的名字愈来愈多，总是和成功与荣耀连结在一起。但也是机缘凑巧吧，最近几年，几次关键的时刻，我们都碰在一起。例如去年（一九九六年），研究院院士会议之后，又是七月的一天，我们共同的朋友毛高文，约了田长霖夫妇和我，到西华饭店一起吃夜宵，田和毛比我年轻三四岁，但也都过了花甲之年，到了人生事业的转折点。我们一起谈时局、谈两岸、谈大学教育，当然也谈各自的未来。田长霖告诉我们，他已决定从伯克利大学退休。他说起别人可能给他的安排，也说起他自己的看法。那天晚上，我们一直谈到十二点多，第二天一早他搭机返美，再过两天，我们就在报上看到他辞职的消息了。

玻璃天花板和玻璃框框

《田长霖到伯克利之路》这本书，出版社加了个副标题——华裔校长的辉煌岁月，特别强调"华裔"两字。作者在书中也一再提到"玻璃天花板"这个名词。所谓"玻璃天花板"，指的是在美国这个西方国家中，一个东方人向上攀升过程中受到的外在的无形限制。美国原本是个移民国家，立国的历史不过两百余年，国民或他们的祖先，都是从世界各处移居汇集而来，最多不过四五代而已。所以，她号称是民族的熔炉，在法令规章方面，尤其是20世纪60年代以后，也确实对少数民族做到了尽量公平甚至保障的地步。但是，诚如书本中一再举例、一再强调的，在力争上游的过程中，因为肤色的文化的差异，华裔还是受到无形的歧视。有些职务、有些社会地位，就是得不到，至少要加倍地努力，才可能获得一半的成功。在突破玻璃天花板这一点上，田长霖无疑是非常成功的。在我看来，我想许多读者也同意，一个第一代华裔移民，要在美国做到伯克利大学这样一个任务艰巨的超一流大学的校长，比得诺贝尔奖还要克服更多的困难。后者是专业的认可，这一行里承认你是顶尖的了；前者是要社会的接受，在异国他乡，要各阶层、各方面的精英都能接受你是他们精英中的精英才行。

这牵涉到文化上的困难，首先是自设的局限，也是无形的，或者可以称之为条条框框。你得先自我突破这个自设的条条框框，才能突破那个他设的条条天花板。或宽或窄，每个人都有他的条条框框，但华裔的留学生有其共同的特殊性，他们远涉重洋的时候，文化人格已多少定了型，初抵异乡，语文的限制使得他们在融入美国社会的尝试中，从开始就在实质上和心理上遭遇到层层的阻碍甚至打击。学业有成以后，在专业的圈子里，可以自然而毫不逊色地交流，但在文化社交的范畴内，至少在开始时，是要勉力而为的。这个勉力，语文不是唯一的，但至少是重要的。办公室里的压力已经够大了，离开办公室，又何必太勉强自己呢？于是，筷子、麻将、中国话（包括金庸小说），构成了一个文化的条条框框。当然，有个温暖的条条框框不是不好，那甚至是必要的，但若要干一番事业，需要时得能跳得出来才行。否则独乐其身或可有余，兼善天下势不可得，也不能怪别人的玻璃天花板了。

当然也有另外一种极端，刻意地绝迹于中国人的圈子，把中国文化的根切除，彻彻底底地做一个西方人。但这样会遇到更大的困难，尤其是老年以后。我想，做一个现代人，安身固然未必易，立命却一定更难。在成长时逐步建立起来的价值伦理，因为科技跳跃式地进步，一生中会受到不断的影响冲击，要从一个文化体系转入另一个文化体系，保持平衡、允执其中更不容易。

在这方面，田长霖无疑是极成功的。他完全没有脱离中国的根源，像我们在一起，尽管观点未必尽同，却能毫无拘束地从当年台大篮球谈到今日的两岸政治。但是他在外国人的圈子里，从家中一年请一百多次客，要雇一个专业社交秘书来帮太太安排请客座位这种西式繁文缛节，到交知心而有重大影响力的朋友，他都能应付裕如、得心应手。这样的成功，与他的个性，当然很有关系。中国传统的知识分子，大多有文人的气质，文人是喜欢"愁"的，"日暮乡关何处是，烟波江上使人愁"，远游，尤其是去国外的游子，一定想家，尤其是文化的家。不管是不是为赋新词强说愁，说多了假愁也成真愁，真是一个愁字怎生了得！田长霖不是无愁，只是他以积极的态度，或者他最推崇的运动员精神来面对，种种事例，本书中处处可见。但田长霖走到今天，不是没有经过挣扎的，在《从硕士到博士》和《前进伯克利》两章里，我们可以看到最初他因为英文不够得心应手，而把自己关闭起来，很少和洋人打交道。这一段过程，书中有事例的叙述，但其心路历程，恐怕要等田长霖亲笔写自传时，才能鞭辟入里地表达出来。

下一个人生舞台

作者刘晓莉在书末提出一个问题，读完本书的读者都会关切的问题：从伯克利大学校长位上退下来，田博士的生涯是否就此归于平淡？毕竟奋斗半生，荣耀毕集，但最后在能源部长的任命案上，还是又碰上了玻璃天花板。是不是真就此"且效浮云知进退，既成霖雨便归山"？我的看法是"不"。一九九七年七月我见到的田长霖，还是和一九五一年七月的田长霖一样，精力充沛、动作迅速，一旦确定目标，带球投篮，绝不手软。诚如伯克利大学的学生报纸

《加州人日报》在他辞职后的社论所言，"田校长明白自己的限制，不去进行无谓的战斗，不做堂·吉诃德"。田长霖不会脱离人生的战场，但他会选择今后的舞台。今后他的舞台不必限于美国，甚至不应限于美国。四十年前，他从东方来，以一无所有华裔"美人"的身份，从一个位置到另一个位置，升至极顶。今后他或许可以顶尖美籍华人的身份回到东方，位置（position）是次要，角色（role）是主要，慎选角色、慎扮角色。

今天的田长霖和专业上杰出的华裔人士不同，他有许多他人没有的条件（当然也有些他人没有的限制），作为一个旁观的老友，我在此提出三点个人的看法：

第一，根留美国。在现实的世界里，这是他力量的来源。

第二，协助中华。无论是在教育、科学的技术面，或是其他更广泛的层面，诚心而无私的协助，比跳进去主导、领导，至少在目前，会产生更大的影响。此处用中华，也不是笔误。

第三，秉心公正。以今天田博士的地位，和他在美国的各种人脉关系，说他的活动不会产生政治上的影响是不真实的。秉心公正，不但道义上最正确——毕竟他的篮球是在建中和台大的水泥球场上练出来的，也是实际最有效的立场。人生一世，在一个舞台上攀升到顶点，很不容易；从一个舞台转换到另一舞台，找到适当的角色，更不容易。以田长霖的知己知"世"，我确信他一定会谱出另一篇章成功的将来。

——《田长霖的伯克利之路》序，一九九七年天下文化出版

哪吒与孙悟空

六月上旬，收到厚厚一包东西，足足一千多页，接着就有九歌蔡先生的传真解释，原来是丘宏义先生的新作，将《封神榜》英译了又译回来，要我写序。

我十分吃惊，宏义是我大学的同学，超过四十年的老友，他是天文物理的大家，会修各种各样的机器，精力过人，但却从来不知道他会写小说，如此厚厚一千多页的书稿，是怎么变出来的呢?

中国古代小说中被后人研究的首推《红楼梦》，文人骚客，或考据其出处或推研其影射，洵有"红学"之称，像《水浒》《三国》《西游》《金瓶梅》，皆不乏名家着墨，唯独《封神榜》一向被认为怪力乱神子所不语。

其实作为演义，《封神榜》和《西游记》同样是神话科幻性质的章回小说，何以后者屡经名家品题，连胡适之先生都要去改写一章；而前者虽于民间流传甚广，但文人雅士却着墨很少。

我想，这和两书的风格有关。不久以前，在一次讨论科幻小说的研讨会上，把现代科幻分为两类，一是机关布景类，一是文以载道类。早期中国科幻作家中，倪匡的作品代表前者，而张系国的作品代表后者。所谓机关布景类，就是悬疑变幻，极尽目眩想象之能事。看起来热闹引人，但看完了就看完了，并无余味。而文以载道类，意图表达一讯息，大致是科技能力超凡后，人在做选择决定时，伦理良知上引起的困境。简单地说，没有上帝的智慧却有上帝的能力，怎么办？这在现实社会中，也是常碰到的，而且是日益严重的问题。因此，将之在可任想象驰骋的科幻小说中，凸显出来，当然容易引起有识之士的共鸣。我国的科幻作者，多是高级知识分子的业余作家，其风格大多倾向后者——总要表达点东西出来，但这种进入有一个大陷阱，就是会写得不像小说——微言大义，读者对微言看不懂或者根本看不下去，大义也就无从传达。

从文以载道的观点来看《西游记》，显然较《封神榜》有更多的余味和更大的空间，《西游记》的余味是哲理的，而且十分强烈，看到心猿如何一步一步地被佛法收服，哀莫大于心死，掩卷之后，惋惜黯然之心情，如绕梁余音。《封神榜》的余味，就较隐晦，反映那个时代（封建时代）不平之情，但隔了时空的读者，就较难共鸣，而且，也较少空间让你去想象发挥。

《西游记》另一绝特之处，是人物的创造。孙悟空这个人物，代表了多少人的憧憬，就好像潘彼得（Peter Pan）在卡通史上那样，孙悟空在世界小说史上，必应有其一席之地。《封神榜》里与之对应的哪吒，他们和师、父的关系，以及师（唐三藏）、父（李靖）的迂腐个性都十分相似，连他们出道造反，都是先从龙宫开始。吴承恩和许仲琳不知孰先孰后，一个必定受了另一个的影响。哪吒显然是《封神榜》中最生动的人物，但他不是主角，许仲琳要照顾的人物太多，除了哪吒出道那一段期间，他花了三四章极精彩的笔墨专说哪吒外，后来哪吒不过是西岐众神将之一，完全不出色了。所以，从人物创造的角度来看，《西游记》也是较《封神榜》略胜一筹的。

　　但作为通俗小说，《封神榜》有其突出之处：

　　它更热闹，也更富想象。《西游记》里唐三藏把孙大圣从五指山下放出，上西天取经遇八十一难，孙悟空、猪八戒、沙和尚，各自用的都是同一样武器、同一套本领，所遇的妖魔鬼怪，大致也差不多，令人生重复之感。姜子牙率诸侯军入朝歌，一路破黄河九曲阵、万仙阵，截阐斗法，此去彼来，那就热闹变化得多，各种法宝也更科幻，更富想象力。还有，许仲琳较吴承恩，在意识形态上似乎更革命；哪吒后来上天下地追打李靖，以子逆父，在专制时代，那是不可想象的逆行，但读了较孙悟空之愚忠于标准教条主义的唐僧，要痛快得多。还有，子牙封神，无分君臣贤愚，一齐上榜，这种众生平等的观念，也是很突出的。总之，作为文学作品，《西游记》独树一帜；作为通俗演义，《封神榜》不遑多让。

宏义这部《新封神榜》（现在取名《纣王与妲己》），是他从中文意译为英文，又从英文译回。就我个人而言，更喜欢其中第一章的《宇宙洪荒》和《后记》，这完全是宏义自己的东西。前者从盘古开天始，把古中国神话串联起来，更为生动，也更具历史感地描述了（神话里）宇宙及文化的诞生。后者是评述，不止《封神榜》本书，兼及中西文学，颇多独具见地之处，非有作者才识者不能出之。至于本文，除略有增删外，主要是笔调现代化了，我看是有得有失的。

宏义是我台大的同班同学，那时的他，瘦瘦的身材，戴副玳瑁框大眼镜，背个又大又重和身材不相称的书包，颇像小飞侠卡通中三姐弟的老二。我们一班，最初有二十来人，一开学就转走一批，只剩十一二人。几位女生是中坚，很能读书，更会背书，书卷奖永远在她们中间转，宏义是唯一能威胁她们的。这几位女生，每天必上图书馆，一早先去把位子占了，先背一段近代物理，再来物理馆上课。宏义也是，可不背书，又大又重的书包中尽是从图书馆借出来的洋书，有的可能是很管用的参考书，他都真正地看。她们把他看作竞争者，为抢位子又抢借书，每天就比早去图书馆，六七点不到就在门口排队，后来者只好排在后面。

　　还好，这种竞争不过一年就结束了，宏义考取了中学生留学，到凤山受训四个月，再回来就等着留学。但他继续来上课、做实验，甚至也参加考试，不过不计分而已。这样持续将近一年，他上课上得比谁都勤快，至少比我勤快。我从来不是她（他）们的竞争者，每天嘻嘻哈哈地过大学生生活，对于能背书和能每天背重书包者，都一样由衷地敬服，他（她）们也接纳我这个夏天的蚱蜢，女生们笔记抄得整齐，一到考试，我就借她们的笔记，还加义务讲解。宏义实验做得好，我就和他一组，到他入伍回来也一样，他把我的一份实验全做了，我只要写报告就可以。有这么一桩真实的故事，宏义到今天还不服气的：有一次实验课，宏义在做实验，我在旁边聊天，忽然系主任来了，我赶快回去站好，装着看实验结果。宏义的钢笔，因为做记录，打开了放在桌沿，那时钢笔是很贵重的，系主任看了，大为不满，就训宏义："小孩子不知爱惜东西，钢笔掉到地上怎么办？"回头看见我的钢笔挂好在口袋里，又乖巧地点头，就加上一句："你看沈君山，他就懂事！"

　　我喜好的篮球、足球、围棋、桥牌，宏义一样都不喜欢，所以我们并不常在一起玩。但有这么一次，宏义请了班上两三个相熟的同学到他家去吃饭，宏义的家在中和（或者新店），总之，离淡水河不远，我们就先去淡水河游水。对了，那个时候，淡水河是可以游水的！五六个十几岁的男孩，最先都下了水，也只在河边游，慢慢地沿着河水往下淌，并不游到中央去。渐渐一个一个地上了岸，在岸边走着，吹着凉风与河里的同伴相互地呼唤着玩，后来，只剩下宏义一人还在水里。他也要上来靠到岸边，但竟上不来。原来那一段岸边，生满杂树，又太陡了，把不着手，试了几次，都无法靠上岸边。夕阳已经下去了，晚风拂过，凉飒飒的，看着宏义在水里转，几个岸上的男孩，心里着实慌，眼泪都在眼眶里打转。后来，还是我想了个办法，把伸出河岸的一枝大树桠，几个人合力压低，拂到水面。宏义游过去抱住树丫，我们慢慢放了手，宏义就顺着树丫，又爬又滚地溜回岸，身上都刺破了几处。

这些都是四十五年前事了。在我上大三那年，宏义去留学，在康奈尔很快地念完书，得到博士学位。等我也赴美读完书，再见面时，他已是美国很受瞩目的年轻天文物理学家了。此后数十年，因为同行的缘故，我们每年总会见面，最近见面的机会，才稀疏起来。

宏义著作等身，真正的"巨"著，这却是第二部。20世纪60年代中期，因为个人生活上的转折，他集中精力写了部《Stellar Physics》，足足八百多页，成为那个时代，星球物理研究参考用的经典之作。这一次他又发愿英译整册《封神榜》，英译之不足，又将之译回，其毅力精力，实在惊人。常人一遇挫折，往往颓废不能自拔，独宏义能转化为有效的成果，令人敬佩不已，谨为之序。

——原载一九九六年八月九歌版《纣王与妲己》

第二辑

清华岁月

清华岁月

我于一九七三年回台，一九九八年退休，二〇〇三年将办公室还给学校，在把办公室清理结束时，还找到三十年前刚回来时写给自己的一份规划草案，在理学院原有的数学、物理、化学三科外，另创办信息（当时叫计算机）、生命科学（当时叫分子生物）和历史三个研究所。当然从传统的观点来看，这些未必都属于理学院的范畴，但前两者将是新科技的主流，人文则一直也永远应该是一个真正大学的基础，而历史居于人文学科的枢纽，与后来称之为通识教育的也最接近。这三者后来都做到了，当然也都从理学院独立出去，成为新的学院，我也先后担任过人文社会学院和生命科学院的筹备主任，这些都在清大校史口述稿中留下纪录。但对我自己而言，最满意的还是帮助清大建立了一个以学术为最高价值的价值体系，树立了一股兼容并蓄、不畏权势的学校校风，这些都是我在理学院院长任内帮助孕育而成。做了校长以后，一方面因为任期不够长，一方面因为体制原因，杂务很多，反倒贡献有限，有得有失。

一九七三年我回来时，台湾学术界（尤其理工方面）还处于筚路蓝缕、百废待兴的阶段。清大只有一个学院，三四十个教员，虽然博士学位者居多，但多是先在台湾得到硕士再到外国短期进修而得，而且当时留学生返台如凤毛麟角，所以一有博士回来便是副教授，事实上便是终身制，三年后升教授，便再也没有进取的压力了。

在大学，学术成就应居最高价值，原属天经地义，不但理论上如此，实际上，凡有人的地方就有斗争，校园虽小，几十个人比上比下也有得好比，一旦确立了最高价值的标准，以此客观标准为努力的目标，校园自会太平。

话虽如此说，但要确立学术为最高价值的体系，在当时的环境下，也不容易，校内有根深蒂固的既得利益，校外有错综复杂的政治势力，我衡量了一下客观形势，拟定了三个努力重点：一是建立严格的教员晋级升等标准；二是让学术成就高者在各种场合的讲话最大声；三是打击、铲除学术以外的其他校内特权。

第一条比较容易做到，我返台时已在普林斯顿、普渡等美国的大学待过十余年，对于学术圈的升等晋级经过磨炼也开过眼界，很快就据之制定了适合台湾情况的办法，建立了权威。虽然因为环境不同，不可能完全做到适者留不适者去的程度，但有晋级升等的压力在，在校园内还是培养维持了竞争进取的风气。

第二、第三这两条的推动，要分寸掌控得恰好，就不容易了，今天清华校园还流传着一些当年的故事，有人看作佳话，有人看作笑话，矫枉是否过正，人言各殊，就请读者来评断吧。

清华原以理工立校，校园人文气氛淡薄，我到校后，颇思振衰起敝，有一次，特地请了大诗人余光中来讲新诗，他讲得兴起，即席朗诵起自己的诗——《天空，非常希腊》，却不知怎地惹恼了一位在座的W教授，此人是一狂士，心胸也很狭隘，不但横眉冷对千夫指，而且昂首自认人上人，在校人缘极差，但他留美时曾在名校（加州理工学院）从名师游，研究工作在当时的清华算是出色的，因此他在校园内种种跋扈言行，也就被容忍着。这次他看诗人自我陶醉的样子，愈看愈不顺眼，忽然大吼一声："不准再念下去了！"然后指责余诗人三大不妥：第一，文法不通，希腊是一名词，岂可以代动词来形容？第二，崇洋媚外，台湾天空也很蓝，为什么要用希腊？第三，姿态不文，摇头扭腰岂可登大雅之堂？一番数落，平常温文儒雅的诗人乍听之下，愣了好一阵，回过神来，忿起反击。这下可热闹了，年轻气盛的教师多有助嘴的，讲堂里闹成一团，余诗人为之大怒，不待结束，拿起诗稿就走，饭也不吃了，即刻坐火车回台北。我这个做主人的院长，只好随侍返北，一路地道歉。

但是余诗人余怒不息，第二天就把在清华受辱的经过用生花妙笔写了篇文章，刊诸报端，并将清华定性为：

"文化的沙漠，疯子的乐园。"

这顶帽子一戴就是二十年，一九九六年我已做校长了，在毕业典礼上请余君来做贵宾讲演，他再朗诵旧作《天空，非常希腊》，全场掌声雷动，校园布告墙上也贴满了他的新诗，诗人心满意足，才另写一文，帮清华摘了帽。

但也只摘了一半，因为在布告墙上，他发觉与大诗人新诗并列的，是一些批评校长似通不通也称新诗的新诗，所以他特别声明"疯子的乐园"的半顶帽子一定还得戴着，再观后效，以定去留。

还有一次，我负责筹划人文社会学院的时候，一天，我约了几位筹划委员——许倬云等知名学者，到当时学校最高档的贵宾室去开会，不料管理的工友告诉我，此贵宾室已被学校党部订了，上级知识青年党部（简称"知青党部"）的H书记长马上就要来谈话。当时还是戒严时期，知青党部的书记长在学校里是很有权威的，我听了心中颇不是味儿，三思以后，觉得这正是一个扬威立万、纠正歪风的最好机会，乃对工友说，今天这贵宾室我是用定了，待会儿他们来了我跟他们说。

宾主刚刚坐定，就看见身兼学校党部主委的训导长带了十几位教员学生陪着书记长浩浩荡荡地来了，看见贵宾室已先有三人，倒也不急着进来，在外面嘀嘀咕咕一番，弄清楚了情况，训导长才满面堆笑地走进来，先给客人打了招呼，才对我说："沈院长，听说您要开会，我就找人把第一会议室给准备好了，茶水都有，嘿嘿嘿……"

我没有即答，却瞥见那位H上级有点尴尬地站在门口，不确定是否该进来，就先给客人打个招呼，本来也是熟人。

"嗨！领导来了，失迎失迎。"

"哪里哪里。"

"我先给您介绍介绍，这位是许院士……"

"久仰久仰，都好都好。"

"今天我们要谈一件大事，筹划成立人文学院。"

"哦，哦。"

"这是大事喔！"

"当然，当然。"

"请了贵宾来向他们请教，他们是贵宾吧？"

"当然，当然。"

"所以我们想用贵宾室，对不对？"

"当然，当然。"

"那就……"

上级望着我们的主委，意思好像是"怎么样？走吧？"，不料，此时横地杀出一位愣小子，大概平常媚上骄下、作威作福惯了的，吃了豹子心老虎胆，居然来插上一句："报告主委，这贵宾室可是我们先订了的！"

啪！茶杯打翻了一桌，我双手紧握，两眼瞪着主委训导长，马上就要翻脸。

训导长毕竟是见过场面（他原是孙立人的少将、政治部主任，孙犯了案，才下放来清华），马上斥那愣小子："不要多话！"对那惊呆在一旁的工友厉声说："还不赶快来弄干净。"又和颜悦色地向我道歉安慰："不要生气，不要生气。"等茶水换好，他们才一起走了。

那次筹备会当然开得十分愉快，课程架构一下就规划好了，与会的朋友后来对我说，那一拍真有惊天地泣鬼神的气概，人社院的自由学风就这样拍出来了。

惊天地归惊天地，但事后还得打点打点。

那位书记长是当时国民党二把手蒋彦士外孙的干爹，在党部也是一等一的红人，但不幸他干儿子的妈妈——蒋彦士的独生女儿蒋见美，却是我七岁时就一起玩的红颜知己，晚上打了个电话去，先报备一下。

"今天某某到清华来……"

话只讲了半句，对方就打断了。

"刚刚H已经来过电话了。"

"哦？"

"我对他说，沈君山做得对！"

"哦？他怎么说？"

"他说你叫他走他就走了。"

"哦，他这么说？你怎么说？"

"我说他也做得对！"

我大笑起来，电话那边也大笑起来，两个人在电话里笑作一团。

红颜知己一词现在已被用烂，烂到有贬损的意味，而其意往往只在红颜，知己只是点缀点缀，却不知此知己两字最堪珍贵，千万人中难得一二。见美七岁时我们初识，我较她略长数岁，一起成长，先后留美，几乎同时归来，归来不久她就婚变，我早已是单身，两人渐渐成了无话不谈的知己朋友，她对我的公私诸事了如指掌，但那时我的生活正是彩霞满天，没有想定下来，知己朋友也就只止于知己朋友。不久，她就去世，我写了篇追忆的文章，收入《浮生三记》，此处不再赘述，但知己难得，豪情不再，现在见美早已化为云烟，我亦行作稽山之土，二十年如弹指，蓦回首，往事却仍历历，走笔至此，不禁怆然泪下！

我初回清华时，近乎出格的作风能够行得通，当然也是因为当时主客观的条件。我的家庭背景是一重要因素，再加上在一九七一年退出联合国时，我放弃一切束装返台，虽然自己并不认为是共体时艰，别人却是这样看，是清誉红专兼全的名牌样板。

我这样做，对学校虽然有益，对自己当然不好，他们虽容忍我，却很防着我。从一九七三年到一九九三年，我在校内担任过理学院院长、人文社会学院筹备主任、生命科学院筹备主任，还是一九五六年追随梅贻琦的创校助教，资历堪称空前；在校外也担任过"中央选举委员""政务委员""国家统一委员会委员"等，也是笼笼统统一大堆。二十年中每次清华校长出缺，第一个说起的总是沈君山，但第一个被淘汰的也是沈君山，明的理由是"沈君山女朋友太多……"等等，实际上是放心不下沈君山当了校长，清华校园岂不是要变成自由主义造反的大本营？

花开花落，春去秋来，"好景"终于"不再"。一九九三年，沈君山终于结了婚，台湾也终于解了严，校长开始民选，经过三波一折，我也终于做了清华大学校长。为什么说三波呢？初选、校内遴选、"教育部"决选，这是三波。因为初选遴选时都遥遥领先，决选多少已是形式，但还经过一折，面谈时，一位我一向尊敬的教育界耆宿，忽然婉转地问出一个问题，听了半天我才听懂，问题是"清大会不会有校长绯闻呢"，听懂之后不禁大笑，引唐诗一联略改两字回应：

"直须看尽洛城花，始共春风容易别！"

老先生摇头摆首地哦了一阵：

"哦，春风容易别，嗯，嗯，容易别，好，好！"

一九九三年，宣誓任职校长。

读者也许好奇，为何如此在意做校长？"政务委员"等的官阶不是更高吗？

是这样的：我四十岁决定返台的时候，就定下了此后半生安身立命的方向。桥牌、围棋、族群等会是我欣赏生命发扬生命，怡情立命是"业余"兴趣和志向，教育办学才是安身的"正业"。虽然这些业余的兴趣和志向，也都有一定的造诣，甚至独特的贡献，但业余总是业余，"政务委员"虽然官高大学校长两阶，但内心总认为非我正业，只是到仕途去看了看洛城花而已。人的价值观是很奇怪的，我回台之初，当局原是要我接任校长的，但那时，我还想享受生活，没有接受，直到知命之年，生活也享受够了，父亲、梅贻琦、胡适之、吴大猷等当年的金玉良言也渐渐开始在心中发酵，而且几番风雨，体验到要遂志业，二把手和一把手毕竟还是不一样，因此想专心正途，但人家却不放心我做一把手了，说实在话，若非开放"民选"，我这辈子是不会当上清大校长的了，物换星移、耳顺年过，得遂初志，如何能不在意呢？

——原载二○○四年十一月十八日《南方周末》

一封迟到了一年的信

我在一九九八年退休，退休一年后中风，于是再从退休中退休，无论正事闲事，只挑喜欢管的管管，美其名曰"做我所能、爱我所做"，倒也逍遥自在。但去年（二〇〇三）春夏之际，忽然受到一阵骚扰，原来是教改争议又起，此争议的生命力很强，自从十年前咨议报告完成之后，或强或弱，忽起忽落，每年都来一下。野火烧不尽，春风吹又生，比SARS病毒还厉害。

去年适逢教改十周年之庆，几乎同时收到两封函，一函来自黄光国教授，洋洋万言，罗列教改遗祸。而此祸之来，黄教授认为，罪在"龙头"一人，以理直气壮之势，做义正词严之击，信末并附上联署函件，要我签署。另一函来自黄荣村部长，厚厚百页，除了嘘寒问暖的首页外，其他有逐项列举的教改执行报告，最后还有问卷调查，要我回答。

部长签字的首页文字佶屈聱牙，文体似骈非骈，我记忆中的黄荣村教授，似以新诗新文见长。吴大猷老师在世时屡屡告诫，"教育部"是一个大黑洞，无论圣贤奸雄，天才白痴，进去之后一律形神俱灭。黄兄此去不过三年，莫非着了道儿？颇有些疑惑，但无论如何，当年我忝为教改委员，还是高等教育组的召集人，这份咨议总报告，曾反复斟酌细读，而今再相逢，如见故人，十年时光如流水，这故人是蒙尘了——实际上确实蒙尘，因为送上去之后，当然便束之高阁，任尘埃堆积，不是蒙尘是什么？但是一有过失指责，也就拿它来抵挡，万方无罪，罪在教改，形象上当然也是蒙尘。故人相逢已沦落至此，何忍再加白眼？仍仔仔细细将执行报告读了，逐项评议，也有十三四页，回了两函，一函覆黄光国教授，说明我对教改得失的意见，也告知不拟联署的理由。另一函致黄荣村部长，连带评议检讨寄回教部，致部长函如下：

黄部长荣村兄赐鉴：

收到教育部寄来的教改推行资料和您的信，"尔维起居迪吉，道履绥和"的祝颂。我起居相当迪吉，安居清华，百分之十八的时间在享受退休生活，偶入红尘，管管爱管的正事，虽神仙生活亦不过如此。但道履却不绥和，中风已四年，道履弯弯扭扭，走路跌跌撞撞。有感远问，据实以告。

和贵部资料教改审查表同时收到的是您的学长，同为杨国枢兄高足黄光国教授的"终结教育乱象，追求优质教育"的联署行动签署函，此函我不拟签署，主要有两个原因，一方面谴责性的批判多于建设性的建议；另一方面，更主要的是对"教改龙头"苛责过甚，而教改龙头指谁，呼之欲出，不论私谊，即是公事公议，那也是不公平的。

但我对该函所提的若干教改缺失，有些也不能不同意。一般民众或更有此感。我的小儿子今年刚读完初一，受建构数学之害颇深，每次受罪，就指着我说都是爸爸教改害的。这次收到兄和弟都签名其上的教改咨议报告书，想起当年李院长带着我们连开了36＋15＝51次会，三十六次委员会议每次他必亲自到，从头坐到尾，一丝不苟，我们也跟着流汗，而今却被儿子指着鼻子骂，真是感慨万千。

其实今日教改的一些缺失，许多并不是咨议报告书中所建议的，但当年的教改委员们，总不能不说有些责任。大凡改革，有四点要注意的：（一）理念要符合世界潮流；（二）推动方式要配合当时当地的客观环境，尤其注意降低与传统文化的冲突；（三）凝聚并组织理念相同而且有能力的人，长期持久投入，有几分人才做几分事；（四）化敌人为朋友，化朋友为同志，切忌把不同意见者，一律视为敌人。综合这四点，仿效建构数学的精神，写成一个"沈公式"：

$$S=P×F×T×C$$

S：改革成功的百分率

P：Perception，观念、远见

F：Fit，与周遭环境的配合

T：Talent，推行的人才

C：Conciliation，减少树敌

回顾教改十年，第一点确实做到了，第四点因为领导人的声望和民主个性，反对者虽众，树敌尚少，但二三点，可商榷之处颇多。弟从未涉足中小学教育，只是最近受小儿之累，于原始教改委员之外，又兼了受害家长此一身份，才不得不关心起来。但自一九七三年返台后，逍遥于大学殿堂三十年，于高等教育略有所知，仅就其中广设大学，人人都可上大学此点略抒所感。

要做到正常的"人人都可上大学"，其前提是：一有充分可配合的财源，二有充分可配合的师资，三有全民皆为可量才施教的学生。在这三者俱不足的情形下，人人都可以上大学的结果将会是人人没有好大学可上或好的人（才）上不起大学。台湾风雨飘摇五十年，其所以尚能立者，在人力竞争之优势（包括技职教育培养的人力），今天废技职重研究、人人上大学的高教政策再推动下去，人力优势必将荡然无存。而对弟更甚严重，乃那时小儿正上大学，是可以绑白布条上街头的年龄，受害之余，又岂会仅止于嘟嘟囔囔两句"爸爸教改害的"而已。

因此，弟乃不得不聒絮两句。兄今官拜正二品，负全台教育之责，按古制可以戴双眼花翎，就请拨冗耐烦一听。

首先要说明，减少技职教育加强研究教学是正确的方向。从以农立而以工立而科技立而高科技立，是台湾这样条件的地区必然要走的路。过去已如此，将来更必然。所以十年前李院长领导我们大家立定的宗旨，方向并没有错。问题是任何事，过犹不及，而没有配套条件，其弊必将更甚于利。

根据手头资料，我做了些不用建构数学也可以做的计算：

（一）今天从台湾（包括玉山、阿里山在内）任何地点向外走去，平均八点八公里就会找到一间大学，这恐怕是一个世界纪录，兄大可自傲。

（二）十八岁的就学人口在今后二十年会渐渐下降。现在是三十三万，二十年后约二十三万，而目前大学新生容量已近二十万（这些资料，教育部当然最齐全），依目前各县市竞相广设大学的热度估计，不到十年，不但人人可读大学，而且非读大学不可，不然大学就填不满。而且入学之后，不得淘汰、不得退学，就像当兵一样，必须吃足馒头才许走路。

（三）现在还有一更糟糕的趋势，就是竞办研究大学。因为，"只有研究大学才是好大学"。三十年来，从大学的一般教授到教改的小龙头（弟曾经是）到教改的大龙头（兄现在是），绝大多数都曾在美国受过研究所教育，却未曾在美国受过大学教育。因此，没有领略到，也就忽略了与Research University鼎足而立的liberal arts college和state college这两大构成美国大学骨干的教育精神。因此，从核心价值到学校架构，台湾都以美国的研究大学为圭臬，但却没有研究大学所必需的资源和人才，而研究和教学在资源和价值上互相竞争，其结果，使得大部分学校没有做到优质研究，却得到了劣质教学。

（四）现在，更有一时髦名词"市场机制"，它似乎是治百病的良药，当然也可应用到教育，于是学校任其设立、任其发展，市场机制会将之自然淘汰。但市场机制有一个大前提：本钱是自己的。如此才会心痛，才会知所节制。而公家的机构，易设难关、易分难和，而且学校的主体是学生，学校一设一关之间，不但浪费资源，学生的青春一误难再来，谁又对他们负责？

以上诸点，兄对此等问题必早已了然于胸，且在此做三点具体建议：

（一）再增设大学，既设者，以机制鼓励合并。

（二）严格管制设研究所。设定严格的最低水平要求，但适合需求的professional school式的研究所不在此限并应予鼓励。

（三）强调传道授业为大学教育的核心价值，好大学不必是研究大学。教育的本意原就在传道授业，此不过复其本意而已。

这几点说来简单，但执行不易，做一个部会主管，尤其在选举前，承受的压力很大，这点弟也明白。但教育是百年大计，做一个政务官，愿挺能挺，才能造福子孙，愿兄多多考虑。（下略）

专此　顺颂

政安

弟沈君山　上

二〇〇三年八月十一日

因为谨记吴老师"教育部乃大黑洞"之遗训，预知此函恐将有去无回，乃嘱秘书查询，答复是"部长已经收到，正在细读细复"。但此一"细"似乎就一直细下去，几番询问，俱无下文，也只好渐渐地淡忘了。

但此后却有一奇异现象：有两次宴会和部长相遇，这种公众场合，官民身份有别，虽系故交，一般打个哈哈也就是了，但这次部长大人却是远远地绕过来，嘘寒问暖，十分殷勤，最后才嗫嗫嚅嚅地说："大札早已收到，高见鸿文，不同一般，要好好地复，已经写了一半……"

原来如此，原来是心虚，只是为了一函未复，大官能对草民心虚，这不能不说是民主政治的边际效益。但第一次倒也罢了，第二次相见，还是如此，信还是只写了一半，也还是心虚，就像小学生到时间作业交不出来，这倒令我有些过意不去。第三次又有机会，是一个会议，会后部长有宴，我就早早地借词开溜，不敢去赴宴了。

春去秋来，官上官下，一日阅报，忽见黄部长下台了。这原是常事，他也撑了很久了。心中忽然闪过一个念头，那封信是不是还停在一半？

又过了两三个月，一个偶然的机会，和《新新闻》的同仁通上电话，都说好几年不见了，应该聚一聚，于是由《新新闻》做东，客人除了新闻界的旧识，还有黄荣村、罗文嘉等。罗君也是旧识，20世纪80年代末，我帮忙教育部修订《大学法》，因为军训教官是否应留在校园，和时任台大校长的虞兆中先生跟学生代表沟通，九月的大太阳下，两位花甲之年的老教授，在台大的校园广场被学生考（烤）了两个小时，有位圆圆脸、小平头的后生仔，言词咄咄逼人，印象深刻，后来果然崭露头角，已经十几年未见其人了。

但最令我感兴趣的，还是黄前部长，现在众生平等了，不知他见了面还有怎么个说法。

于是准时赴宴。不久，前部长就到了，昂然直入，先把一叠稿子，往我面前一放，理直气壮地说："信写完了，当面快递，你的原函也一并附上！"

果然今昔不同。觥筹交错间，国家大事、里巷闲话，无所不及。而前部长发言最多，每个话题都有看法，有些还颇具革命性，而且潇洒自在，令我暗自悟出一番道理：官可为亦不可为；可为者下台，不可为者上台。上台矮一截：对于民代媒体、阿狗阿猫，都要鞠躬作揖，以求四季平安。下台高三分：老子干过了，老子不干了，你们还能奈我何？

那天真是宾主尽欢，聊到晚上十时餐厅打烊才散，主人殷勤送客时，仍没有忘记职责。

"今天如何？"

"开心开心！"

"那就好，你把和黄部长隔年之函写一篇怎样？稿费从优，下一次你就用稿费请客吧！"

果然没有白吃的晚餐。

再回到正文前，还有一个意外的余兴，不可不记。我当晚还要回新竹，车子停在金华街的清大办事处，前部长（现在又兼司机）好意带我过去，搭便车的还有陈怡真，她原是《中国时报》"人间副刊"的主编——事实上，《新新闻》同仁都是《中国时报》的退除役官兵，当年余老板纪忠（台湾最后的报人）的子弟兵。

到了办事处，车子在，却无论如何发不起火来，打手机找人，手机也都没电了。三个人围着车子里里外外、进进出出，前部长最有自信，把车子打得卡卡卡卡地，但就是不动。四周看看，行人稀少，路灯暗淡，一位前部长、一位前校长、一位美丽年轻的女士（怡真还和二十年前索稿的小女生一样，一点没变），一起搞一部老爷车，万一被不识泰山的警察看到，嘿嘿嘿，第二天真是嘿嘿嘿了。于是，我说："叫一部出租车回去算了。"前部长却很不放心，再努力了二三十分钟，车子还是不动。狠一狠心把我架上他的车，说是送我回新竹，当然先把女士送回家，怡真笑笑地祝我们好运。

大星躲尽小星亮，果然今宵多清光，一路飙车，心情近乎少年。前部长大谈他的教育理念，和官场四年实践检验真理的经历。说起他接任部长前，先以政务委员身份做"九二一重建小组"的召集人，临时凑集了三百多人的团队，上山下乡，有了这样的职前训练，后来去教育部才驾轻就熟，我问他：

"那时上山下乡也自己开车吗？"

"当然，一起吃便当、睡木屋，这样才上下一心啦！"

说起往事，兴奋起来，一只手开始空中挥舞，另一只手也作势欲起，时速针却在一百三十公里前后跳动，我赶紧夸赞：

"行，行，看你单手飙车，就知道你当年下乡亲民爱民的神勇，不过今晚不必表演了。"

回到新竹，已过午夜，黄兄毫无倦容，连口茶也没喝，马上打道回府，看来职前训练打下的底子还在。

部长的回信是：

君山大兄：

道履虽违和，文采依旧，可喜可贺。

日前与教改龙头一晤，提及您曾参加《远见》所办演讲，您说当论及两岸，宁愿与他愈坐愈近，论及教改则宁移位远坐，诚快人快语也。犹记七八年前，郭南宏与刘兆玄交接之后，您到弟办公室小坐，提起当时李曾推荐弟到教育部一事，言下之意颇有他太过naive（天真），这点弟在当时政治形势下亦有同感。回顾他"宁做住持不做菩萨"（也是大兄名言），这近十年来赢了多场战役，却在台湾乱局之中可能失掉战争，洵至《联合报》写了《从国师变轿夫》的严厉批判、不怀好意的社论（可能还不只这一篇），回首前尘，实令人感慨。好好一顶光环，好好一个具有骑士精神的志士，在当前市井喧闹之中，逐渐失去庄严，成为箭靶，孰令致之？

听您娓娓道来，尤以提及世兄（有没有比较好的用词）嘟嘟囔囔：都是你害的！令人动容。建构数学实非教改总谘议报告书的主张（去年底"立法院"洪秀柱委员找几位前后部长座谈，吴京才说这几天他才发现原来建构数学是在他任上定案实施的），实施七年来，虽无数据明确论断其非，唯直觉上真的不改不行（数学界如林长寿等人也如此主张），弟在去年底即已大幅促其调整，而且也改掉九年一贯课程的若干重大缺失，但已经是满头大汗。大学多元入学方案更要与各大学折冲往返，不胜疲累，方有今日的"略有改进"。十年教改，弟躬逢其盛，也可以说是八方风雨会中州下的最大号受害者。弟虽被您封为正二品，但不仅无双眼花翎可戴，倒成了孔明箭下的稻草人！（以上是重抄去年8月写的未完成回信）

今天晚上健壮兄安排一叙，而且卸任即将满月，再不把后面补齐，实难交代，因此再就您特别关心的大学教育，做点补遗工作，唯纸短话多，实难尽意也。

当前的大学教育从精英取向已转往普及教育，这十年来净在学率从13％跃升到超过30％（但不要忘了有生源减少的统计问题）。英国Tony Blair提出要在十年之内，让英国十八到三十五岁的年轻人有50％能进四年制的大学，先进国家亦多高悬类似的正面指标，以促使高教就学机会的调升。所以台湾的高教问题从国际观之，不在容量之扩大，而在于：（一）大学数目太多（十年间从五十多所增为约一百四十所），很多所都是小小的或者是过去专科规模，不只常有招生不足现象，教研质量也未见显著提升。质量如何平衡，是一大难题。（二）高教经费难以等比例呼应大学需求，每个学生的培育成本逐步下滑。（三）传统上办学较好的大学招生容量未能扩张，私校占了50％至60％，学杂费又高，对中下等家庭子女（以就读私校居多）不太公平。（四）"市场机制"中正面促进因素未能发挥，如财务与就学信息未能完全公开透明（所以有信息不对称现象）、办学效率不足（所以系所合并、就业准备、基础建设、师资等项，未能建起一所所有效率的大学）、无差别待遇（所以不免吃大锅饭）、未能在海内外做完全竞争（这是上述因素的结果）。

这些问题并不难解决（虽不能短期内奏效），如大兄所提的三点建议，当然应该列为全套因应方案中的一环，而且确实已在进行之中。（中略）

最后，虽然马上就要与您会面聚餐，弟还是说一下前阵子，光国兄提及十年教改的三大毛病：民粹主义、建构主义、知识虚无主义，并以此立论猛批李院长与教改会，我觉得他实在是缺乏对历史脉络的了解，对教育问题的认识也很不确定，大兄还是不必操这个心，大选过后，激情虽然还在蔓延，但是大风已转向，让我们多看看未来，多跟家人聊聊天吧。进政府四年，历经九二一重建与教改风云，可说是一直"在枪声中且歌且走"，如今得卸仔肩，心里还真舒畅得很。

敬祝

大安

弟荣村敬上

六月十七日，二〇〇四年

这封信当然是不用再回了，但信中提到的"世兄"（这个名词实在太古典了些，一个初二生嘛，部长大人这样称呼，他怎么担待得起？客气点称令郎就可以了），最近又有一番令人气结的事。

七月上旬杨振宁来台开院士会议，会后同赴台中颁发吴大猷科普奖，参加评审座谈等等，共有两三日相处。我觉得这对成长中的儿子，是难得的学习机会，又正好是暑假，他在小学时，也是一个科普迷。乃安排一切，准备带他一同下去，不料产生了如下的对话。

"杨振宁你知道吗？"老爸问儿子。

"当然知道，第一个得诺贝尔奖的中国人，证明了宇称不对称。"儿子说。

"下星期五我们和他一起坐车下台中，听他讲爱因斯坦的故事，星期天回来，怎样？"

"唔，很好嘛……但星期五学校有一天辅导，星期六早上又有补习课。"

"补什么？"

"理化。"

"那有什么关系，逃堂课就是了。"

"逃课？"儿子有点疑惑地看着我。

看着他犹豫难决的样子，鼓励逃课或者不太好，赶快紧跟一句：

"跟老师讲一声，就说去听杨振宁讲爱因斯坦。"

他没有作声。过了两天，我又问他：

"问过老师没有？"

"有。"

"怎样？"

"他说很好啦，但是……"

"但是怎样？"

"但是以后跟不上要自己负责。学校每天都有模拟考试。"

"什么跟不上？跟不上有什么关系？"我感到一阵挫折。

"跟不上以后就……"儿子向我解释，模拟考只能错一题，错两题就上不了建中，跟不上的话，模拟考就不止错两题了。

我很想说一番道理，但是看到他紧抿的已经稍稍有了些胡须的嘴，话到口边又缩了回去。算了，他已经有他的价值体系，考上建中是最高价值，建中是一切的第一步，实际上就是如此，他看得很清楚。谁愿意大热天考模拟考呢？学生累、老师累、学校也累，最近还因辅导课考试，学校挨了告，但是不考行吗？教育部不断地禁，但每个学校、每个班级、每个学生还是不断地考、拼命地考，部长大人，你当然知道不考行不行了。

这个小小故事说明了教改（尤其中小学教改）困难的基本症结，它牵涉整个社会结构和价值体系，它不仅仅是一个理念问题，更是一个实践问题，实践要靠人，一团队有能有职、全力投入的人，一两个骑士精神的志士怎能撼得动一座大城堡？黄兄单枪上阵，最后全身而退，还确实做了不少事（相对教改之后历任部长而言），也算不容易了。走笔至此，不禁怀念起另一位教改成员林清江，他或许是唯一有条件从城堡内部做些事的，不幸任职不过一年就去世了。

还要借此说明一下，黄兄信中云"谈起教改，则与'龙头'移位远些"，此话是高希均形容的，我从未说过。无论如何，我们都曾在咨议报告上签名，有难也要同当，何况此亦说不上难。

另外一句"论及两岸，愿与他愈坐愈近"，此亦是高君的形容，却真令人感慨万千，两岸问题与教育问题不同，知难却行易。虽然盘根错节，其实只在一念，一缕清思一念善意，千丝万缕就可迎刃而解。

——原载二〇〇四年九月《新新闻》周报九一四期，有删节

我知道的清交合并的历史

　　早在三十一年前就有清交合并之议，那时清华虽称大学，只有一个半院：理学院和原子科学院（原子科学院只有一个系，徐贤修校长说最多算半个院），校地八十一甲。交大学生人数和清华差不多，都在一千人左右，但校地只有九甲，称交大工学院，系所集中在电子科学方面。一九三七年初，原在加拿大任教的盛庆铼回来应聘交大工学院院长（其实就是校长），返台之前，先到Purdue拜访徐先生，那时我已接受徐先生的邀请，回台担任清大的理学院院长，盛在见完徐后，约我到他住的Union Hotel晤谈，商议如何共同努力合作办好清交两校，他从徐那里听说清大也想办工学院，相当担忧，因为那时返台的人很少，若两校竞争，交大的发展必然受影响。他希望清大专办理学院交大专办工学院，两校合作，他说的虽不无道理，但我知道徐先生早有办一完全大学的雄图，以徐先生的个性，要他停下来是不可能的，乃据实相告。两校办成一完整大学的构想，不约而同地浮上我们心头。盛是一个务实理性的学者，那天我们谈到深夜，他很诚恳地告诉我，假若此议行得通，就请徐来做校长，他负责工学院，我负责理学院，其他学院再慢慢发展起来。后来校名也想好了，就叫梅竹大学，那是因为当时我已曾客座回清华几次，参加过梅竹赛，对梅竹良性竞争的精神很向往的缘故。盛离去后，我在和徐先生轻松闲谈时，趁机提起此议，并且说可以在理学院中设分子生物所、历史研究所等等，作为生命科学院、人文社会学院的胚胎，完整大学的影子就出来了，当时徐先生只笑眯眯地听，也许因为正要争取我回来，帮他"看家"，对如何发展成完整大学表示很有兴趣，但对与交大合并之事，却虽未说否也未说可。

一九七三年夏初，Purdue一放假，我就回到清华，盛已经先回来了，他对两校合并的事，热情减少许多，显然支持交大复校最有力的老校友们给他浇了冷水。但我还是把几个月前我们在Union Hotel一夕长谈所得的协议，配合徐先生发展清华的构想，写成一个说帖，呈给徐校长，他对以理学院为核心，延伸发展其他学院的规划，十分赞同，但对清交合并的建议，却有他自己的看法。首先，对于改名"梅竹大学"，认为"谈都不要谈"，他说"梅竹这两字用作梅竹赛名字是很好的，但那是小孩子热闹玩玩的，怎样可以取代清华作为校名！"然后给我好好地上了堂清华大学史，从水木清华取名之始到梁王陈赵四大师的汉唐盛事，用他一贯热情洋溢的声调，眉飞色舞得如江河之奔腾直下，最后终结："清华大学就是清华大学，他们那个工学院要并进来做电子工程学院，那可以。"最后想想，又加了句"交通工学院也可以商量"。这些话不是只对我说，好几位教员都在场，传出去到交大，当然把他们气坏了，合并之议遂罢。

其后数十年，清交合并的建议不绝如缕，但也只是说说，没有像一九七三年那次那样具体。直到20世纪90年代李远哲返台后，才又认真提出。

李远哲对他认同的事，不吝参与，而且全力投入。再加上他诺贝尔奖得主的身份，使他返台之初，如天神下凡，既是太学祭酒，又为"总统国师"，许多事都找他来领导。作为一个学者，其际遇之隆、影响力之大，中外历史上恐怕都少有，可惜他菩萨不做做住持的个性，容易犯错也容易得罪人，再加上他对有些自己未必熟悉、个性未必适合的议题领域，也一样投入，光环很快地被折损。

李远哲回台后，第一个投入的领域便是教育改革，这也是他最感兴趣的领域。一九九四年"行政机构"成立教育改革审议委员会，由李担任召集人，教改列车正式启动，我亦被邀参加，并且担任高等教育组的召集人。从20世纪70年代初起，我便认识李远哲，后来我在岛内的一些活动，他也看在眼里，对我的理念热诚和为人做事的缺点，都了然于胸，成为教改委员和高教组的召集人，与他对我的认识，或许不无关系。

除了每周六一次全部委员的会议，高教组的分组研讨会，李远哲也常来参加，他希望我以清大校长的身份，推动两件事：单独招生和清交合并。单独招生，一九七四年前后清华就推动过一次，当时我是最热心者。和清交合并不同，对于单独招生，徐贤修校长是全力支持的。但因为台大还是联考主力，清华要单独硬拼，困难极大，损失也极重，扰扰攘攘一番，最后无疾而终。

二十年后，李远哲又希望清华开风气之先，将联考一点突破，全面击溃。但我有了第一次的经验，而客观情势并没有大的变化，台大依旧留在联招里面，清华向之挑战，就如弹珠碰石头，能否击碎石头尚不可知，而弹珠却必先粉碎，所以我坦白地告诉李，除非台大也退出联招，站在清大校长的立场，我不会领导清华去退出联招，清华不必为天下先地去做牺牲。至于清交合并，因为二十年前就曾努力过一次，初闻此议，也十分心动，李远哲提出此议，原因也很单纯：他认为台湾的教育资源，只够支持一两所一流大学，清交合并后，便是最适合的候选者。

但我在仔细考虑后，态度转趋保留。当时两校环境，和二十年前已完全不同，清交都已发展成熟，成为重叠性高、互补性低、学风传统却大相径庭的两个理工大学。合并困难多而利益少，当时又没有特别补助款，在高教组中讨论了一两次，也是教改委员的交大邓启福校长和我都认为不宜多此一举。此案后来连向全体委员会议也没提出，教改会就结束了。我和邓校长也随即退休，此事似乎也就过去。

但是，当然，并没有就此过去。清华在我的前任刘兆玄做校长时，经费补助达到最高潮，以后就急遽下降。一方面法律规定教育经费占总预算50%的下限被取消，一方面教改所衍生的广设大学，和绌有余而补不足的办学心态，使得清华资源大幅缩减。对此我在上任时已感觉到，而且预见此趋势将继续下去。与交大合并虽不可行，清大独立发展提升学术水平也不可能。对于如何结合校内外资源，仔细考虑后，制定一个务实的战略方针：教学上与交大高度合作，研究上与'中研院'高度合作。

清华与交大因为同质性高，故合并困扰多而效益少，一位曾任"政务官"的交大教授曾经评论过清交合并为"两个男人怎能结婚"，其语虽谑，却颇能一针见血。但正因如此，虽不宜合并，合作却极有效，所以一开始，就向这个方向努力。非常幸运，那段时期交大的校长邓启福是位心胸开阔又极务实的学者，终我校长的任期，我们的合作都非常愉快。上任一个月就恢复了中断已经数年的梅竹赛，此后陆续签订了课程互选、教授合聘、图书信息共享等协议。本来，在最初的构想中，还有兴建两校学生合住的宿舍以及两校师生合用的体育设施等，但自一九九三年后，教育部门就没有再核准过清华任何一个新建筑的经费，因此，硬件设备合作的构想就只有停留在构想的阶段了。

与交大在研究领域合作，因为两校水平相近，可以节省经费，却难以提升水平，但和研究院合作，却完全不同，而且那时正有一个千载难逢的机会。

在整体科研发展的架构大局上，中研院成立之初，原是一个虚体。设一个总部，选几个院士，如此而已。但后来在连续几位大有为的总干事如丁文江、傅斯年等努力之下，争取扩增研究所经费，渐渐成为一个庞大的实体。政府迁台之后，它经过逐次跃进，到今天，其研究经费、研究人员（含支援人手）已经超过全台大学之总和（不包括医学院）。

中研院还有一个无形资产——海外院士。他们中很多是已经成熟、对本行前沿发展有宏观眼光的国际级学者，由他们通过中研院这个平台，来引导岛内的科研发展，帮助很大。

20世纪90年代开始，中研院增加了很多工科院士，他们认为中研院过去太偏重理科，今后应加强应用科技的基础研究，乃有成立应用科技中心之议。中研院南港院本部土地的容量已近饱和，正好清华后山新校地的征收已经完成，乃建议将应用科技中心设于新竹，清华也成立一个相应的清华大学应用科技中心，清华出地，中研院出钱，建一大楼，充实设备，虽未必是一个中心两块招牌，至少会密切合作，配合发展。此一构想若能实现，交大作为参与的第三只脚是绝对自然之事。谋事在人，成事的基础也在人，适合领导推动此计划的，大家都认为当时任教于香港科技大学的张立纲院士是最佳人选。李远哲一定和他谈过很多次，后来清大遴选校长，张列在最优先考虑的地位，和这点亦不无关系。我还记得一九九七年七月一日，香港回归之日，我和他在香港科大临海的一个亭子，烟雨苍茫中，望着隔海明灭变幻的烟火，力劝他回来接任清大校长，他还热情洋溢地谈起清华，包括应用科技中心的远景。可惜后来，因为国籍关系，未能如愿，一年后，张来台担任中研院应用科技的筹备主任一年，自称是还愿，但那时他身体不好，而且只有一年，和预期八年又是校长可以长期规划的情况完全不同，一年匆匆地过去，也没有留下什么痕迹。

一九九八年后，我从清华退休，不再参与校事，但仍隐隐约约地知道，成立一个以清交为核心的"大"大学的努力仍在进行，一年多前，清大、交大、中大、阳明四校合组联合大学系统，曾大张旗鼓一番，还选出了总校长，后来因为部长更迭，政策改变，新部长上台后，放弃中央、阳明，全力推动清交合并，也算是第二波清大、交大合并的延续，看来这一次颇有希望成功，不过，其间经

台湾清华大学的前后五任校长，前排左起阎振兴、徐贤修；后排左起毛高文、刘兆玄、沈君山。

过，目前尚在进行，此处也就不赘述了。

但是有一事与之相关的，就是清华改名。近年来，有些台湾教授，一直在全力推动，一九九四年我初任校长时，就有教授提议改名新竹大学，在校务会议上讨论，但投票结果以巨大比数落败。

台湾清华大学于一九五六年在新竹成立后，沿袭了原来清华的校名校训和历史传统，但此后饮台湾雨、餐新竹风，不管当初称它是"复校""建校"还是"创校"，四十八年来她已完全建立了自己的传统，自己的风格。新竹的居民，历年的校友，对清华这个名字也已融入了感情，建立了认同，和北京清华虽水木同源，这风格这传统这认同这感情却全是"台湾"的了，事实上，我任校长的最后一年，因为希望在国际上能与北京清华有别，曾考虑在清华校名之前，加台湾两字，成为台湾清华大学，但反对者众，其议遂罢。

——原载二〇〇五年五月三十一日《远见》杂志，

本文略有删节

清交合并与一流大学之道

清华交大应否合并，不但关系两校存废，而且涉及大学理念，故最近在两校校园甚至整个台湾教育界成为争议性的话题。清交两校因为地缘相近，自三十余年前创校以后，即屡有合并之议，但最近一波争议，其缘起是教育部门为提升研究大学的水平，编列了一个五年五百亿的特别预算，并在今年十月二十一日行政机构的记者会中，针对清交两校，提出一个可称为三一规划的明确要求：两校合并成为一个公法人（行政法人），用一个校名，设一个校长，此三项要求达成，即可自前述特别预算中分得每年三十亿的补助。此要求得到两校校长的积极回应，旋即在两校师长、学生、校友间引起更大的反响，反对者众，其间由清大五位前校长或前代校长署名的致现任校长函（见后附录），还提出具体的建议。本文拟延续该函，就君山个人的看法，更予阐述。

第一，我并不反对公法人的观念，尤其对于研究型的大学，公教分途（即教师不具公务员身份）是非常正确的方向，但在积极推动时，必须循序渐进。现在公法人无法源，无具体规划，贸然地将之套在清交两校头上，使之成为"教改"的另一只白老鼠是非常不公平的。教育部门应该做的是：（一）推动立法，确定公法人的法律地位。（二）待公法人的法源确定后，所有的研究型大学（尤其要包括台大）一齐改为公法人，并成立各校的董事会，董事会与学校间的权责关系和董事人选的条件，有其基本规范，但也要考虑各校的历史和特性，分别制定。

第二，我更不反对大学合并，现在台湾有一百六十八所大学，平均约八点二六公里就会看到一所大学，在全世界都是创纪录的，这当然会导致大学资源普遍不足，而所谓精英大学更是首当其冲。如何造成这个结果，现在也不必深究，但减并大学数目，从常识判断，也当是正确的方向，但首先要考虑的是如何减并找不到学生请不到教师的所谓大学，但这显然政治不正确，自从十几年前教育松绑（包括大学开放）后，一直流行这样一种看法，每个县都应该有一所大学（而且最好是研究大学），因此，每个县的县长民代都以争取设立大学为重要政绩，因此，主政者了解，兼并各县既有的"小"大学，政治上是不能碰的。正好，推动教改的学界领袖，一直认为台湾只能支持一两所世界一流的大学，而必须有一定的规模，才能打造一流的大学，于是，地缘相邻性质相近、培养了许多科技人才却没有产生一个委员会的清交两校，就成为推动合并的主要目标。

但我们认为：第一，大学的大小和好坏没有必然的关联；第二，清交合并弊多于利。清大五任前校长和五位院士教授全部站起来反对合并，当然有其感情的因素，曾任教数十年，不忍见其毁于一旦，是为动力，但反对合并的方向却是理性的决定。

清交合并之议不自今始，但真正搜集资料严格评比合并的利害得失，今（二〇〇四年）秋由交大李威仪教授做的分析报告，应该是第一次。该报告厚五十六页，精简后也有十六页，有兴趣的读者可直接参考，此处仅引两个数字。

（一）近代大学主要的实质任务是研究和教学，也就是创造知识和传播知识，根据可以量化的论文引用指数（SCI，SSCI）和院士级教授人数等资料，统计出来的美国前二十名大学，其中一半以上的大学的学生人数在一万名以下。而且这二十所大学的平均学生人数是一万一千人，正好相当于目前交大、清华的学生人数。决定研究大学水平的，主要是教师学生比和每个教师的研究经费这两个因素，与学校大小无关。

（二）近年来美国大学合并的案例很多，但多是大小相差悬殊或有财务危机而被并吞。学生万名以上的大型大学合并成功的例子一所也无。"I can not think any large scale merge that has been successful in the U.S.（我想不起在美国有任何大型合并成功的例子）"，二○○三年加州伯克利大学负责教育的副校长Mc Quale曾如此公开地说。

这些数字，加上清交两校同质性高、互补性低的特质，使我们深深怀疑两校合并的可行性。因此，我们写了那封所谓"五校长联名函"，提出三点：一是合并大事，不宜由上而下，应该深入探讨后由全校（主要是教授）共同做决定。二是建议先行高度合作再考虑合并。三是至于学校公法人化，宜待有法源后，全台公立大学一齐实施。

这是我们五人的共同意见，后来得到五位院士教授的支持，至于具体步骤，我个人建议可以考虑如下程序：

（一）合作阶段。在现有的课程互选、教授合聘、图书资源共享的基础上，由政府提供专款，支援共同研究中心、共同宿舍、共同体育设施及大型合作研究计划等。

（二）研究院合并阶段。先从设立新研究所，少数有互补性研究所的合并等开始，再考虑两校研究院的合并。但两校的大学却仍独立存在，大多数教员分别是原校教员，但同时也是共同研究院的教授。

（三）两校分别成为公法人阶段。此阶段的实施宜与全台公立大学同步。行政机构拟仿中正文化中心单独立法设公法人之例，推动清交也单独成为公法人。但此二者不能比照，一来大学与演艺厅院的本质不同，更现实的，全台近十所研究型大学，他们在延聘教员招收学生上都是互相竞争的，清华单独成为公法人，立足点就不平等了。公法人的实施，虽宜全台公立大学同步，但每所大学的董事会的组成方式，却不必求同。对于清华这样有传统有成绩的学校，董事会的选择校务会议至少要有同意权。

（四）最后，再由两校的董事会、教授、校长三方共议完全合并的事宜。

这四个阶段，每个阶段都可止步。

无论是理智研判还是情感执着，我都认为，如此循序渐进，最后不应该也不至于得到清交合并的结论。但若真的得到了，我也乐观其成。毕竟世事在演变，由过去经验累积形成的自认为是理智的判断，未必是正确的。

从另一个层次来看，这次清交合并更令人忧虑：几乎都是在谈钱。政府说合并是所谓"新十大建设"的政绩之一，因此，不合并不给钱。学校的回应则是如何挣到这笔钱，是不是真合并并不重要。从校长到教授人人同意，若无五年拨款一百五十亿的诱因，至少清华没有一个人会想到合并。甚至在校务发展会议这种学校最高议政的场合，也公开地讨论如何设计条款，在改了校名选出一个校长拿到钱以后，再如何分割。

君子喻义小人喻利的时代早已过去，今日而不喻利，无一事可为，但亦不能只是喻利。至少在学校教育的领域，还有更高的目标。利（即所谓的经费）只是达到这个目标的工具。现在都在谈打造一流大学，什么是一流大学？前述研究教学创造知识传授知识是大学的实质任务，其成果是一流大学的指标之一，但还有另一层次的任务，另一层次的指标：在文化变迁价值动荡的时代，大学作为学术的殿堂，一方面为开启新风气的领导先锋，另一方面为维护旧传统的最后园地。早在一百五十年前，现代大学的先驱英国约翰·亨利·纽曼在其《大学的理念》一书中开宗明义地说，大学乃是"一切事实和原理，探索和发现，实验和思考的高级保护力量，它描绘出理智的疆域，并表明在那范围内对任何（权威）既不侵犯，亦不服从。"德国的洪堡、美国的杜威，对于大学的功能究竟是理性的训练还是实际的应用有不同看法，但对"大学犹如海上之灯塔，是社会之光，不应随波逐流"这个理念，是完全一致的。梅贻琦名言"所谓大学者，非有大楼之谓也，有大师之谓也"，时至今日，既有大师亦有大楼当然更好。何况，没有动辄百千万美金的仪器，也很难（并非绝不可能）得到诺贝尔级的实验研究成果。但更有一种精神一种风格，乃成为真正大师者必备，在北京清华的校园中，矗立着一座陈寅恪挽王国维的纪念碑，短短二百五十二字，包含了两段话："士之读书治学，盖将以脱心志于俗谛之桎梏，真理因得以发扬"，"来世不可知也，先生之著述，或有时而不彰，先生之学说，或有时而可商。唯此独立之精神，自由之思想，历千万祀，与天壤而同久，共三光而永光"，这才是真正一流大学的精神，一流大师的精神，也是清华的精神。

——原载二〇〇五年《新新闻》周报九二七期

附录：

五校长暨代校长联名书

徐校长遐生赐鉴：

最近，学校各处都在讨论清交合并之事，我们知道政府有具体回应，是从10月22日媒体对行政机构游院长记者招待会的报道，后来在网络上看到各方面的资料，才清楚来龙去脉。我们都曾在清大服务多年，当然非常关切，互相交换了意见，得到一个共同结论：必须慎重从事。基本上，我们对于目前所推动的合并持保留的态度。

这个议题，其实包含了两部分：清交合并和一年获得三十亿

（五年一百五十亿）的补助款。教育部的政策，是将这两部分绑在一起，等两校校务会议通过合并，成为一个单一的行政法人，拟定了一个单一的校名，等这些不可逆（irreversible）的措施完成之后，政府就给钱，否则免谈。钱成为最大的甚至唯一的诱因。假若没有这一年三十亿，没有人会去想合并之事。

这真是十分可悲。事实上，我们认为两校合并若有愿景、有理想、有方法，能让两校学术水平更上一层楼，即使政府不给钱，两校也应合并；但若看不清楚愿景，没有理想，没有方法，我们不应该只为钱合并。

我们仔细研读有关资料，包括最近校方释出的说帖，得到下面的结论：

（一）两校院系的互补性低，重叠性高，学风传统互异，合并带来的困扰多而效益低。原来薄弱缺失的领域依旧薄弱缺失，并不会因此变成一个完整的大学。而两校建校近半个世纪，各自建立的传统、名声和校友的向心力会因此流失。其损失不可以金钱计。在国际上，无论学术地位还是学生素质，台湾清华和台湾交大都已有一定的评价，一旦改称像"中台大学"（提交行政机构的建议书中所提）之类的名字，要重建原来地位，岂旦夕可臻？至于如何更有效运用互有资源，可以通过合作，不必合并，此点后面会再讨论。

（二）校方提出的说帖，鲜及合并后的愿景，却再三强调每年三十亿五年一百五十亿的补助，以为如此即可打造一所世界一流大学。姑不论金钱是否真能堆砌出一流大学，台币三十亿仅为加州伯克利大学每年经费的十五分之一，戋戋之数，真是杯水车薪。何况，政府五年五百亿计划，预计分配给七所研究型大学，提供每年一百亿的特别补助，即使平均分配，清交也应各得十四点三亿，以清华过去的表现，每年十五亿是最少应得之数，校长只要尽责努力争取，必可得到，又何必以清华之存废作为代价？如果说清交不合并就拿不到十五亿，这对我们五位前任清华校长而言，是一件不可思议的事，也是一种严重的误导。

（三）十月二十二日的记者会中，游院长提出重要的一点，即要待两校成立了单一的行政法人（公法人），合并才算完成。教育单位之为行政法人，定义不清，法源不明（现行大学法中，并未提及公法人），学校经费来源及教职员之退休福利俱无保障。承政府设想周到，或者主要是为了平抚反弹，特别声明，已到职者其退休福利不受影响。对此，若真能做到，已来者当然十分感激。但从此大学教授分为两类：一类是有退休福利保障的，一类是没有的，应聘之际，其取舍优先自明。清交如果单独成为公法人，在征聘新人的场合，如何与其他大学如台大者竞争？二流的教授又如何打造一流的大学？

在此，我们要特别说明，我们并不反对大学改为公法人，此或为时势所趋，但必须要待公法人的定义明确法源清楚之后，全台大学一起更改，清华不必争先去做又一只教改实验的白老鼠。

（四）尤其令我们担忧的是合并的过程，如改校名、成立公法人等，俱为不可逆之进程。要待此等进程一一定案，政府才会考虑拨款。其间随时可以主动撒手或被动弃置。过去十年，教育部门换了七位部长，随政坛递易，教育政策朝令夕改者不知凡几。犹忆三年前校长初来清华时，屡屡公开声称，某某某对捐款许有承诺，而今此承诺安在?

学校合并是学校一等大事，而且一经跨出，再难回首，绝不宜草率行事，仓促决定。因此，我们建议：

（一）成立主要由教授组成，但也包括校友代表及教育界耆宿的评估委员会。全面评估清交合并之利害得失，当然也要将五年一百五十亿的诱因考虑在内。

（二）同时推动清交合作，以为日后可能合并之张本。清交合作不自今日始，但过去并无特别经费支援，故仅限于课程互选、图书信息资源共享等。今后应设置专款，支援合聘一流教授、优质合作计划、两校共同研究中心及实验室之建立，清交学生混合居住之宿舍以及清交共同使用之体育设施之兴建等。并鼓励适合的院系高度合作，甚至局部合并，专款经费来自五年五百亿之补助款。清交分别应得之每年三十亿拨出，例如两校各以十亿提升本校之研教，另以所余十亿为合作专款，由以两校教授为主但有教育部代表参加之拨款委员会审议决定支援项目。

（三）待评估完成，公法人法源确定，再将合并之具体计划提交两校校务会议作最后决定。

区区之见，敬请揆鉴。

毛高文

刘兆玄

沈君山

刘炯朗

李家同

敬上

二〇〇四年十一月五日

第三波清交合并始末记

《我知道的清交合并的历史》一文刊出于二〇〇五年六月《远见》杂志，但写于二〇〇四年的十月，当时即在网络上流传。这半年来清交合并的事又有了一些新的进展，结局出乎意料，我的立场也从不预校事变为热心关切，本文对此发展再予补充报道。

二〇〇四年秋初，清华交大的校园就流传着教育主管部门有意让两校合并，然亦仅止于传言，并无正式讨论。十月二十二日行政机构忽然召开了一个记者招待会，由游锡堃亲自主持，会同两校校长共同宣布了合并计划，在校园引起震惊，十一月五日清大五位（全部在世的）前校长和前代校长联名致函现任校长表示关切，同时还表达了对目前推动的合并持保留的态度。此函后来载诸报章。在校内校外都产生很大的影响，原来预定十二月两校同时召开议决清交合并的校务会议，也暂停举行。至次年二月，"阁揆"易人，清大徐校长也声明不再续任，此事似乎告一段落，但五月十六日，各大学忽然收到一封教育主管部门的公函，以"规模化"和"法人化"为条件，要大家提出申请，送上意愿书和计划书，据之以分配五年五百亿（甚至十年一千二百亿）的特别预算。此预算中的百分之六十将分配给"最多两所"学校，以打造国际一流大学。所谓"规模化"的界限，最初还明文规定学生人数要在一万八千五百人以上。说白了，要求规模化是教育主管部门针对清交合并的红萝卜；全台两所学校，其中之一当然是台大，另外一所，清交合并是清交；否则就是成大。此函一来，清交校园当然又躁动起来，六月三十日是递件的截止日期，六月八日两校同步召开相当于校务会议常委会的校发会，决定是否送件及其内容。前一天晚上李远哲在交大召开与两校师生的座谈会，说明合并打造一流大学的构想。主席台上李远哲居中，左右分别是两校的校长和副校长，台下则大部分是反并派的两校教员。李一直是两校合并的主要推手，但也一直明白此事非一蹴而就，尤其经过近半年的沟通了解，逐步可行的构想与当初游揆由上而下速战速决的策略已大相庭径，但此会台上台下攻防依然激烈，部分询问的言辞也相当尖锐，会后，许多教授还围着李远哲讨论了很久。

六月二十二日，清交同时召开校务会议，决议是否接受两校工作小组协调出来的合并意愿书草案，其要旨如下：

"两校同申愿在《发展国际一流大学及顶尖研究中心计划》的十年计划中，逐步整合并发展成国际一流大学。初期前四年两校将加强实质合作，……到第五年时，两校在考虑政府发展国际一流大学计划第二期五年经费，并评估前四年校务整合之运作与成效后，合并案将交由两校务会议进行同意投票……

"在（第五年）两校校务会议通过两校合并前，两校维持现行之运作体系，并共同成立'校务发展咨询委员会'，聘任一执行长以督导'发展国际一流大学及顶尖研究中心计划'补助经费之运作……"

这个意愿书，至少在清华是正反双方几经折冲产生的结果，事实上也已得到教育主管部门的默契同意，其与二〇〇四年秋游"内阁"片面宣布清交合并的情况已大异其趣。

打个通俗的比喻，二〇〇四年的方案是不问双方是否同意，先来个即刻拜堂成亲，现在则是用一笔钱（每年一百亿的百分之六十，相当于教育主管部门辅助两校的正常经费）诱使双方同意结婚，先相交出游，还可以买些新衣服新首饰等，四年后再决定，若两情相悦，则真正拜堂。

平心而论，这是一个相当温和的方案，摸着石头过河，用实践检验得失。我是坚决反对清交合并的，对此意愿书有复杂的反应。虽然形式上不同意以有合并意愿开头，感情上也不愿见台湾的清华就此消失，但若四年实践证明合并可行，而且年轻一代也都接受，那至少理智上，我也必须接受。更主要的是，基本上我不认为每年有一百亿而且将60%分配给这两校的可能，在当前政治环境下能维持两三年，到了第五年，这笔钱没有了，合并之事也自然无疾而终。所以，假若我是校务会议代表，虽不会赞成，恐怕也不会投反对票，大部分清大教授亦同此心理，而确实，它在清大的校务会议顺利以高票通过，但在同时举行的交大校务会议却被否决了。

否决的经过，相当戏剧化，那天下午，我正在网上与人下棋，忽然电话响了，一个女子的声音："我是交大的……正在开校务会议，合并案被我们否决了，清大赶快响应……"随即挂断。年纪大了，耳朵有点背，话没有听得很清楚，而且此事似乎不太可能，正在迷惘间，电话铃又响起来，这回报名报姓，是某大报的记者，确切地告诉我，交大把意愿书否决了。这太不可思议了，一时兴奋，对着电话叫了一声："Oh, great!"记者总是同情反方的，可能是愈闹愈有新闻吧，就附和着说："Great，伟大吧！"我就说伟大伟大，其实也只是"有种"的意思，并没真正地说伟大，但第二天报纸将此对话稍加夸张地报道了，又加上醒目的标题"沈君山说交大太伟大"，这下就把我定了位，策反两校反并反体制的精神领袖，一辈子都是既不革命也不反革命的不革命，年逾古稀却成了老革命，真是有点冤枉。

后来交大又投了次票，还是没通过，波涛汹涌的第三波合并，就此暂时告一段落。清大的领导们也没有不开心，因为虽未娶到新娘（其实也不真想要），但也算求了婚，原来答应的陪嫁少不得还是会有一份！

但这事并没有真正结束，清交两校在新竹建校（老一辈的校友总说复校，新一代的则说创校，建校是中庸的说法）将近半个世纪，地缘相邻，性质相近，但都已发展出不同的风格，从这次处理合并案的经过和结果就可以看出来。现在事过境迁，回过头来平心静气地检讨一下，这两个公立学校，要想更上层楼，发展成一流大学，确实必须建立一种密切关系。各干各的，老死不相往来，肯定是浪费资源。但径行合并至少中短期（十年吧）内也必然纷扰不断，各自发展高度合作才是中庸可行之道。这次掌握两校资源渠道的教育部门，以理不足以服人的"规模化"之名来利诱合并，名不正而言不顺，其败也宜。今后推动"计划性合作"以提升资源利用的效率，方是务实之途。合作投资计划宜以教育设施为主，大型研究设备也可包括在内，但个别研究计划仍应通过"国科会"渠道补助，他们已经建立了严谨的审查制度。而且合作不限清交，譬如李远哲常用来举例的NMR，一套顶尖的NMR要六七亿台币，单一学校当然购置不起，那就清交甚至只有三四十分钟车程的"中央"大学一齐来申请，设置三校的贵重仪器中心，务求物尽其用。又如国际学人宿舍，"中央"就远了些，那就清交合建，甚至近在咫尺的工研院也可参与。总之，许多合并想做的事，合作也一定可以做到，近期内像哈佛和麻省理工合作的模式，如互相选课，互相选指导教授，实验室个别合作等，可以参考。这两个也不过一万多人的学校，也闹过合并（哈佛想买下麻省理工）一度搞得很紧张，现在想开了，竞争合作但不合并，反倒相得益彰。长期的话，以两校一院（清大交大和清交研究院）作为努力的远景也可以考虑。还有，中研院是台湾研究的重镇，无论人力（包括海外院士）资源和财力资源，都远超过个别大学。我以为在协助台湾打造一流研究大学的努力上，中研院有不可取代的地位也有不能回避的责任。清交与之车程仅一小时许，有规划的长期合作，对提升两校研究水平有事半功倍之效。

至于教育部门，手上有了五年五百亿的经费，如何分配运用来打造国际一流大学呢？我以为把研究大学用规模化法人化做标准，分作一、二两级来分配如此巨额的经费，是一个政治上行不通教育上也未必明智的做法。用学校长期发展计划代替规模化（法人化待法源确定后再提）作为分配的标准，是较公平易接受且亦能达到原来期望的方式。譬如台大提计划，在计划中需要规模化的地方，因为本身已有规模，就不必再强求合作，清交不具备此条件，就须合作才有争取这笔额外款项。又如成大，有点规模，但尚比不上台大，中山、中正就更小，因此，也必须以成大为中心合作，在南部形成一个一流大学系统。

这一波清交合并，来势汹汹，自上而下，因此有各种传言，包括"去中国化"在内。但在学术界，基本上还是源于"打造国际一流大学"的理想。但什么是一流大学？大学的功能是什么，自来就有不同的说法，我以为可以包含三方面，一是培养精英人才，二是创造新知发扬旧识，三是作为社会良知的最后堡垒。其中一、二项就是一般所谓的教学与研究。研究的成果因为可以量化，例如折算成SCI（美国《科学引文索引》），最常被引用作为衡量一流大学的标准。其实真正可以传世致用的研究成果是少之又少的，而且所谓"突破性"的贡献，即使在大师之间也有很大的差距。俄国的大物理学家朗道（Lev Landau）曾说爱因斯坦对物理的贡献是像波尔、海森堡这种一流大师的十倍（one order of magnitude difference），而波尔等又是二流大师（举了费曼为例）的十倍，他自己（也是诺贝尔奖得主）则又差了一级，大致是二流半到三流之间，朗道之言或嫌夸张，而且也不适用于应用性团队型的学科，但也突显不能用纯功利的观点来推动研究，研究的真正动力往往来自单纯的自我满足。研究风气是学术风气的核心，又与教学新知息息相关，大学作为学术的殿堂，将研究成果视为重要指标，绝对是应该的，但也不应是唯一的。培育人才才是大学最基本的功能。但因为不容易量化，所以即使在校内，尽管平时一贯强调教学的重要性，但到升等奖助需要实际评量时，却总依据著作（研究成果）为标准，这似乎是无可奈何的。但一个大学是否尽了它教育的责任，长期下来，却是可以衡量的，有两个关键性的指标，其一是（譬如说）二十年内毕业的校友在社会上的成就和贡献，其二是这些校友把子女再送回母校受教的意愿。这两个指标其实较传统论文数量的SCI等更有意义，研究大学还是大学，不是单纯的研究院。但因教育的效果不是立竿见影的，又并没有所谓国际标准，似乎并不为人重视，对这两项指标也没有人（至少在岛内）做过认真的统计，颇为可惜。

至于第三项功能，也就是大学的另一责任：社会良知的捍卫者。像十九世纪初英国的纽曼主教说的："大学作为学术的殿堂，描绘出一理智的疆域，在那范围内，对任何权威，既不侵犯，亦不服从。"这项责任的重要性，随时地而有不同，在威权时代，像古代中国，对于至上的皇权或神权，太学成为体制内的独立制衡力量，发挥很大的作用。现在民主时代信息发达，知识普及，更有各种不同的制衡渠道，这项功能的重要性已大幅降低。但个别事件的表现，对砥砺社会风气还是有很大影响。从这一角度看，交大的同仁以充分准备，独立判断，不受利诱，不为势屈，在校务会议中否决了上级的提案，不受威权的影响，很当得起纽曼的"在理智的疆域，既不侵犯，亦不服从"，称誉一声"有种"的伟大，实不为过也。

　　——写于二〇〇五年七月

第三辑

仕途一年

一九八八年，入阁任政务委员，在行政院第一次酒会上，连战（时任外交部长）
同我握手致贺。

做官的滋味

一九八八年我以无党派自由人士身份入阁，任政务委员，本文为任职半年后，《中央日报》主编梅新访问稿。曾刊出于一九八九年二月十四日《中央日报》。

沈君山先生笑容可掬地进入到饭店咖啡厅，一句"我是最没有官仪的人……"，便开始了今天的访谈。

我这个"官"做得倒还蛮开心的

问：首先请教政务委员的是，初出任阁员两周时，您的感想是穿西装的次数和敬礼的次数增多不少；这些都是属于生活形式方面的改变。现在过了半年了，感想一定不止这些，请举例说明您内心的感受。

答：穿西装已习惯了，也不如刚上任时讲究，敬礼也习惯了，我如仪还礼便是了。至于我内心的感受，我觉得我这个"官"还做得蛮"开心"的。怎么说呢？我先从政务委员的职责说起好了。

与我的工作有关的各类条文、法则我都随身携带的，这个官做得很标准吧！政务委员即所谓不管部，规定人数为五到七人，主要工作除参与行政院决策外，并担任部会间的协调统合及法案计划的审查等工作。瞧，我都背起来了，照这个规定去做就不会错。

参与行政决策及协调各部会，是依个人声望、经历而有别，譬如我现今的职位是接李国鼎先生的位，当然我的经历及政界声望都与李先生有一段距离。因此政务委员在这方面的责任与职权是可大可小，有时比部长更具有决定权，像李先生甚至与院长共赞机谋，而我刚入行政院，这方面的工作止于在院会发言。

大陆政策对台湾的重要性，就像一个人的人生观

至于协调各部会则是偶尔为之，因此主要的工作是法案、预算的审查，且每位政务委员负责的单位不同，我负责的是环保、原子

能、"国科会"、卫生福利、"总统府"的"中央研究院",这几个部会的预算审查,由此可得知这些部门一年来的施政方针,另外法案方面,我马上要赶去主持"公害纠纷处理法案"的讨论,这个问题是为了公害发生后如何处理而制定,这个法案对社会影响非常大,像林园事件对整个社会的伤害是无法估计的,如果这项法案规定的协调委员会能早日设立,类似事件所带来的损害或许能稍减。

过两天还要讨论"精神卫生法",关于精神病患者如何安置等,也算是社会问题。法案有大有小,总之是由政务委员与各部会首长协商审查之后,送立法院通过,这是我的主要工作。

前面已经说到,政务委员是不管部,也就是说,有关部会不管的事情,我可以管。就任政务委员半年来,我发现越是别人不管的事我越喜欢管,越麻烦的事情我越喜欢插手,像大陆政策问题,没有任何单位掌管,这也不在我负责的范围内,但我觉得这是必须重视的问题。

大陆政策对台湾的重要性不只是诸多事务之一。一个人不管从事哪个行业,都应在工作岗位上努力做去,但如果没有正确的人生观,不知人生该归结到哪里去,前程一片空茫。而大陆政策或两岸关系,于台湾当前事务中,它的重要性,就像一个人的人生观。我觉得这是每个人都应该关心的,我身为政务委员比别人更有机会去管,更是责无旁贷。

政务委员像少林寺的长老，没有自己的庙，但可以管闲事

科学上有所谓"黑洞"，"黑洞"不过是众多科学现象之一。但大家很喜欢研究，因为它的物理性质和我们熟悉的天地完全不一样，而且基本上，黑洞内和黑洞外是不能交流的，所有的信息都是模模糊糊的，所以研究黑洞最需要想象力，最需要跳出窠臼。大陆问题就像来了个"黑洞"，有许多问题探讨本身就很有挑战性。昨天我参加了个会，讨论制定两岸人民关系的"暂行条例"，今天报纸头条登出来了，当然内容有些是不正确的。虽然两岸关系波折，但是人民要与大陆来往，那么，交流时的法则是什么？如何处理很难，绝不是政治或司法的官僚体系所能掌握的。类似这些问题，对我来说，好像研究学问，极具挑战性。

同时政务委员的身份特殊，院会中，座次在各部会首长之前，似乎官位颇高，就像少林寺的长老，庙堂上坐在方丈旁边大发议论。走出庙堂之外，虽没有自己的庙，却可在各个庙间游走、管闲事。这种情形最适合我啦，我对于拥不拥有一座庙却并不在乎。

只有挫折，没有挫折感

基本上，我的观点与政府的基本政策是兼容的，因此我以独立的身份发表我的意见，知无不言，言无不尽。不过从前人微言轻，现在"当官"了，不但每句话有人听，而且还有相当影响力，更可以言无不尽了。因此担任政务委员以来，不但开心，而且由于我个人不想再上一层楼，没有追求高阶的压力，所以做得无牵无挂，我相信目前的职位应是最适合我的，虽然有时也有些人听听算了，自做他的，并不当我的意见为意见，不过这也与我豁达的个性不相违背。政务委员的职责实质上我做到了，我也将继续扮演这样的角色：在我政务委员主管的科技环保等范围内做个称职的政务委员；在此范围之外我就是个游方和尚，随心所欲管我该管的事。

问：您以上所说的都是愉快的一面，不知是否也有滋生挫折感，不愉快的时候？

答：挫折是有的，但没有挫折感。这两者必须分清楚，我有许多事情没有处理成功，当然人间事众多，未必尽如人意，这些不成功的事都算是挫折，不过不会有挫折感的。因为我在从事一件工作时，便有这样的认知，这是我的工作，哪能每件事都顺遂心意，只能尽量去劝说，尽量去推动。我个人的感觉是，只要尽力去做便可，尤其是政事，百分之五十的成效就不错了，怎能苛求百分之百？我觉得就像做研究，做成了很乐意；做不成也与个人利害无妨，政治亦如此，不计较个人利害，就只会有挫折而无挫折感，游方和尚嘛，哪来的挫折感，哈哈！

新闻局应选择优良记者组团去大陆采访

问：不久前，国关中心举办"民主化"学术会议，与会的民进党人士说您是"花瓶"，以此对您担任政务委员的功能感到怀疑，当您听到此称谓时，直觉的反应是什么？或者说您欲如何去辩驳？

答：我觉得我是"闹钟"，不是花瓶，平时滴滴答答地走，尽个钟的责任。每个星期四闹一次，那是"院会"。花瓶是摆给人看的，但我这个"闹钟"会按时响，听不听在你。闹响你、提醒你是我的责任。没有人问我这个问题，如果问我，我就告诉他，我是"闹钟"。科技方面的问题在我管辖范围内，那些不在我的职责内的，他们不一定采纳我的意见，但闹一闹也有警惕作用，我自知不是花瓶，政府找我来任此职，不晓得是不是要我当花瓶，不过我来了之后，大家应该能发现，我是"闹钟"。

问：马英九先生听到"花瓶"的譬喻后，当场为您辩护，说您不但不是"花瓶"，而且是最最敢言的政务委员。请您就自己"最敢言"的事情，举例说明。

　　答：我在官场交了不少好朋友，马英九便是其一。至于"敢言"的事情，我不知是否算"敢言"，因为对我来说，参与决策便是开会时该讲的话就要讲，像昨天的院会讨论到目前劳力不足的问题，我认为我们的经济建设需要壮实的人力，而国防建设现在靠的是科技，壮丁并不太重要，现在服役两年三年太长了，浪费人力，应该降低年限，使其投入劳力市场，此问题要由整体建设来考虑，主席施副院长裁决要研考会的马主委研究一下提出报告，我想这算是列管的问题，再隔一段时间马英九提不出报告来，我就要去找他麻烦了，哈哈。还有一次内部会议，有人认为目前尚不宜让记者到大陆去，我觉得这个说法不合时宜。关于大陆问题，我们需要信息、知识的交流。我便建议，新闻局应主动组团到大陆采访，我们可以选择优秀的记者，去做翔实而直接的报道。优秀的媒体不开放让他们去，反而是一些所谓敢冲的报纸去了，记者回来提供的都是扭曲的、不正确的，对我们未必有意义的讯息。像你们《中央日报》也不敢去吧！我认为不但要准许记者赴大陆采访，而且新闻局要主动组团去，当然不是要新闻局的官员带队去，只要授权即可，如此才能在新闻信息这方面担任主导的地位。

因为没有踟蹰不前的顾忌，所以敢讲自己相信的话

另外像杰出人士是共产党员能否准许入境的事，我有我自己的看法。我们应该操之在我，选择真正杰出人士，而且立论持平的，不能一概以"叛乱分子"视之。国民党十三次全会通过的大陆政策政纲有一条是"立足台湾，放眼大陆，胸怀全中国"。如果只想立足台湾，那么守个小框框就不算错；如果我们并不只是要立足台湾，那么这个做法就是有违政策！当时我就把这个小册子拿出来念，这是国民党现阶段的大陆政策，不是民进党的。当然台湾安全是很重要的，可是让几个人进来就会对台湾安全有威胁吗？那也未免太夸张了。

这应也算是"敢言"的一例吧！我能够畅抒胸怀，让该听的人听，是以前做不到的。俗云无欲则刚，其实也是无欲则清，因为没有踟蹰不前的怕，所以就敢讲自己相信的话了。

问：您曾自喻关于"当官"的事，不是"旧瓶装新酒"，而是埋了二十年的"女儿红"，这个比喻是否意味您早有"当官"的打算；或是说中年后从政，无论学养、历练都比较丰厚，可比"女儿红"？

答：我对时政一直很关心。至于中年后才从政，我想与我的个性和客观的环境都有关系，在没有开放前，像我这般大胆的言论，

恐怕不太适合。我是个有强烈自觉的人，当然以一个无党籍的从政者来说，不能苛求政策与我的想法完全相同，但至少双方都有兼容、相辅的弹性，如此我的政治理念才得发挥。因此我是在政治理念有兼容性的情况才步入政坛，而且认为该扮演的是相辅的角色。

问：一九八〇年，您曾为纪政写过一篇质询稿，曾引起莫大震撼，您是否能回忆一下当时的情形。现在您的角色变了，由"在野"成为政府官员，若此时撰写相同的质询稿，内容是否会改变？

答：内容也许会有改变，但基本的观念、立场仍是会坚持的。那时的政策是"汉贼不两立"，但我以为若坚守"汉贼不两立"的立论，很可能会"贼立汉不立"，所以我那时是反对"汉贼不两立"，这个说法当时是很震撼的，现在已经成为一种常识了，我也不会再强调这种话了，不过总是要写些自己想写的内容。为纪政撰稿时，我的想法是既然要竞选立委，就要把自己的意见提出来，让百姓去评判、认同，这样才叫政见嘛！现在回头看那篇文章，其实没什么了不起，那天早上稿子出来时在执政党的中央引起很大的震动，有人暗示要我们去更正。我们就表明态度，稿子不用可以但要我们更正的话，那我们就退出选举，我们没有一点错嘛！纪政退出选举对国民党是十分不利的，所以最后还是不了了之。

问：您曾表示，您没有怕台湾立法委员的"条件"，因为您既无给他们利益的权力，又无把柄落在他们手上，现在您已经历了立法院的一整个会期，谈谈您对台湾立法委员问政态度的看法。

答：我觉得目前整个立法院呈现出"劣币驱除良币"的态势，当然造成此等情势，新闻界也有责任。

立法委员主要责任应是审查法案、预算，如同我的工作。然而审查预算、法案他们能发挥的不多，为了凸显个人形象，只有拼命质询，并以作秀来吸引新闻记者的注意，一看到、听到电视摄影机来了就搞大动作，真是闻"机"起舞。其次反对党与执政党的关系，是对抗重于制衡也是原因之一。若有"立委"认真准备、真正花了心血的质询稿受注意的机会反而少，整个会场闹哄哄的，有人打架啦，跳上桌子啦，解下裤带抽打桌子啦。这些摄影机就大拍特拍！立法院今日不仅是劣币驱除良币，而且给社会立下极坏的榜样，社会许多失序状况，立法院要负极大责任。现在连小孩子吵架动手动脚时，都会用这样的语言："不要这样嘛！我们这里又不是立法院！"立法院如此令人看不起，对台湾、社会风气、公民教育都有损伤。

台湾报界太注重销路，商业价值远超过舆论价值

问：您刚刚提到新闻界，立法院的消息经新闻界夸大、渲染之

后，对政府官员的形象有影响，您也是受害者之一，谈谈您对新闻界的看法。

答：目前台湾新闻界如此自由，我认为是有好处也有坏处。台湾报界太注重销路，商业价值远超过舆论价值。日本报纸也极重视销路，但与台湾报界影响力与报纸销路结合的情形不同，因日本是个法治观念极浓的国家，不能随便说话。

虽然有些时候新闻自由过度了，会让人很生气，报纸引用错误，或断章取义，或夸张某些细枝末微，而使读者产生虚幻不实的印象，造成伤害的便是政府官员的形象，不过新闻自由也有正面意义，像吴天惠事件，如果不是新闻界把它揪出来，恐怕检察官就此作罢。我个人是蛮肯定新闻自由的，这对政府有制衡作用。如果另有个力量来制衡新闻界，那就更完美了。

不说是非，不谈机密，不公开反对既定政策

问：您常常强调"为政多言"，过去因此常受到长辈以及朋友们的指责、劝谏的压力，现今还有这方面的压力吗？

答：多言在从前的政治形态下，是从政者的缺憾，但现在时代处在一个规范的转型期，何况我的"多言"又不是到处抱怨、攻

诘，而是跟民众沟通。我之"多言"也有三不原则，不说是非、不谈机密、不公开反对既定政策，从前的传统社会百姓无知，政府有绝对的权威，因此说"刚毅木讷近乎仁，巧言令色鲜矣仁"，现在哪一个人不巧言令色？巧言令色并非坏事，问题是内容怎样，我个人议政的期望是，"义正辞婉，理直气和，清不绝俗，贞不忤物"。话说多了对社会也许有益，但对个人却多半有害，所以才说义要正、辞要婉、理要直、气要和。为政将自己的理念讲清楚是基本的工作，只要不是到处去作秀就好了。

问：由于您经常与别人有不同的意见，您是否会产生孤独感？

答：也不见得经常不同吧，你们新闻记者又夸大了，而且所谓的有孤独感应该是说有企图心，想要人拥护你当领袖，所以会产生孤独感，我从来也没有当领袖的念头，何来孤独感，我把我想说的话表达出来，有时有用，有时毫无效果，心中深切体会这个事实，不会有孤独感。政治于我是业余，如同我去下棋，下完了就很高兴，得冠军最好了，没有得名次也不在乎，不会像林海峰输了很难过，他是职业棋手嘛！

问：一个有理想的人，从政可以实现抱负，您赞同吧？

答：是啊，不过做不做"官"对我来说差不多，我即使不在政府机构我也有我的角色，如今不过换个角色而已，做"官"使我失去扮演某些角色的机会，现在"在野"的人一看到我就说我是

"政府"的人，还说我是花瓶，以前可从来没有人说我是花瓶！
（一笑！）

我的资历不如李国鼎先生，所以只能扮演一个平衡者，不能成为推动者

问：由于您敢言、直言的特性是否会使某些人与您保持距离，而对您欲开展的工作有所妨碍？

答：不见得吧，我只是说意见从不搬弄是非。我前面提过新闻局应主动组团赴大陆采访的事，虽然此刻因条件不够成熟，而未付诸行动，但过一阵子，更开放时，也许新闻局便会有主导性、积极性的决策。

类似这样的问题，扮演我这样角色的人，应该提出来，我们不提出这些问题，主导权便落入反对派手里。当他们提出后，就不见得是善意的，而是借此打击政府的施政形象。

我很清楚自己的角色，在我政务委员主管预算法案的职权范围内，我小心实践，除此之外，我便大胆思考，而且我有个最强的武器，就是我心无芥蒂，讲不听，我再讲，没人敢碰但又应该去讨论研究的事我来碰，目前为止我还没有遇到什么阻碍。

问：您是接李国鼎先生的职位，初入宦途，李先生有无传授您几招官场应变的"绝活"？

答：官场的应付比较少，但在科技方面的联系，我去请教他，获益颇丰。我们二人基本的角色并不一致，政务委员身具推动、平衡两种功能。我也希望做一个推动者，不过以我现在的资历，去做一个推动者，难免与其他部会有所冲突，我在这方面的条件不及李先生的十分之一，我又没做过经济部长、财政部长等等，今天我扮演一个推动者，有利的条件只在延揽海内外科技人才，这一点由于我与我们这一代接触得较密切，所以可能推动成功，而在岛内其他科技范围，我则多半扮演平衡者的角色，平衡预算与法案。在这方面我没有李先生资深，不过我有个独特的有利条件，是我长久以来的"在野"身份，使我在政府中既无渊源也无派系。我明白自己承接李先生推动与平衡的角色，平衡者的成分较多，像我这样一个资浅的官员还不太适合担任推动者。

我是个革新者，不是革命者，所以小过不断，大错不闯

问：您曾经说过，您的声音有时大有时小，但基调不变，请您说明什么时候大，什么时候小？

答：为纪政撰写的那篇文章是我声音大的时候，不过惹起轩然大波，所以事后有一阵子，我的声音就小啦，等到风雨平息之后，我的声音又大了，就像闹钟，揿息了，会止一阵子，时间到了它又响起来，而且声调是不变的。所以"时而后言"是有道理的，我对自己的信念从未更改，既不会"时而乱言"，也不会"时言这，时言那"。

问：您这种处世哲学有什么渊源吗？您的性格似乎与您父亲完全相反？

答：这是在生活中逐渐淬炼、熏陶而来的。没错，家父是小心谨慎的人，他有三本最敬佩的书——梁启超的文集，黄梨洲的《明夷待访录》，还有便是曾文正公的日记。曾文正公就是个小心谨慎的人。家父拿给我看，前两本我看了还喜欢，曾文正公的日记我就不喜欢，像有一段故事，王闿运要他取清朝而代之，曾文正公听到了大惊，捂着耳朵说："妄言！妄言！"看到这一段我还跟父亲辩论，听一听有什么关系，不但要听，还要想一想其中的道理，如果对与自己理念不合的言语一概排斥，那会永远落居人后。所以曾文正公的书我无法阅毕。当然他日常生活居敬的态度我一点也没学到。

这三本书对家父的影响最大，我只吸收了梁启超的改革精神和黄梨洲的民本思想。至于声音大小与我在学校多年有关，有新的主意，拿去实验，实验成功了固然欣喜，失败了也对个人没有太大损失，基本信念不变，对事情先深入思考，思考完了该讲的就说出来，但形势不对时声音要小一点，所以我是个革新者，不是革命者，才能至今小过不断，大错不闯。

我进入官场之后，才发现父亲很伟大，他任职政府机关多年，到了晚年仍不失其本色，我觉得这一点我向父亲学到了，我永远也不会失掉我的本色，只要我不失本色，就不会觉得做官痛苦。

问：这应该与您学者的出身及家世有关吧？

答：是吧！从学者和好家世出来，缺点是不知民间疾苦，容易以家世为傲；优点是世面见识较广，许多事情就不会太看重、太计较。

做了几十年公子，现在老了，应该退职了

问："四大公子"这个称呼是何时说起的，您听到这个称呼个人内心的感受如何？

答："四大公子"的称呼是康宁祥竞选时说起的，或许更早，我不太记得了。那时我尚未"在朝"为官，和他们三位公子（其他三位公子是连战、钱复、陈履安）感受不一，他们听到了直呼不

妙，认为身为政府官员被称为公子有损形象。我倒是觉得无妨，不过认为把我摆在四大公子不太相称。那个时候我可没想到会步入政界，就骂康宁祥乱戴帽子，不过现在他却自夸有远见了。

说是公子，其实也没什么，我父亲去世后，一分遗产也没留给我，我赴美的时候，除飞机票外就只给我一百元美金，当然那边是有奖学金的。不过我从小看的大人物多的是，还有父亲的为人和贡献，父执辈中对他尊敬的很多，看到我或许就想起他，所以说我受父亲的余荫，那也是事实吧。

不过，做了几十年公子，也都老了，现在"退职条例"要通过了，老公子也该退职，应该换一批人，像马英九又年轻又英俊，我叫他马公子，不过他却敬谢不敏。

莫因身在最高层，遂叫浮云遮望眼

问：您日常行事，可有什么奉为立身的圭臬？

答：那倒没有，我向来是在我的理念范围内率性而为，不过我有些阅读心得和个人创见，记载在随身记事本内，大家参考看看。

苏东坡说过："古之君子不必仕，不必不仕；仕则忘其身，不仕则忘其君。"我把他的立场转换一下，以贴切我的作为，"今之君子不必仕，不必不仕；仕不忘其所以立身，不仕不忘其所以居国。"这是沈子君山之言。（一笑！）

关于做官的道理我常常想到王安石的诗句，"只缘身在最高层，不畏浮云遮望眼"，但我个人的领会则是"莫因身在最高层，遂叫浮云遮望眼"，为什么这么改呢？王安石成功的地方，是他的才气魄力，确实是站在最高层的，但失败的地方，就是他太自信，太不往下看，弄了一大堆钻营说好听话的人在身旁，才真正"浮云"遮了望眼，这十几年来，我虽未谋其政，却看了很多，体验了很多，有些人不但没有王安石的才力识见，而且还有不畏浮云的自大，一下就误国误己了。

还有一句话是"以国家利害为己任，置意识框框于度外"，本来的话是"以国家兴亡为己任，置个人死生于度外"。但国家兴亡不是我能控制的，我认为政务官应以国家利害为己任，而意识框框是当前许多事僵住的原因，而且"置个人死生于度外"也太伟大了吧，还不如"置意识框框于度外"实际些。

婚姻双方如果只一味地看到对方光彩、才华那种表象，婚后难免有生活上的摩擦

问：报载您去年11月中旬要结婚，结果没有，是怎么回事？

答：没有的事，报纸最喜欢乱发这一类消息了。婚姻这个问题对我是个很大困扰，每回好友们聊天时，聊到婚姻，我便好似矮了一截，似乎没有结婚是我的一项缺点。

我觉得在我独自生活一段时间后，要再面对共同生活的事时，就会考虑到更多问题，尤其我有过一次婚姻经验，人生心愿已了，三个小孩也都成年了，如果这时我考虑结婚，那必定是衡量过，以后的生活会比现在更适合自己，这样必须理性与感性结合密切，那就更困难了。

我现在生活得自由自在，与知心女友交往时互相关切，有时夜里读到一首好诗，打个电话念给她听；她看到一些好文章，遇到一些有趣的事，也会打电话告诉我，虽然离得很远，电话却使心灵靠得很近，等于炉边谈心。像昨晚谈的一首诗便是朱晦庵的，"昨晚扁舟雨一蓑，满江风浪夜如何？今朝试卷孤篷看，依旧青山绿水多"。你看，搞了一天的两岸人民关系法，晚上来个依旧青山绿水多，多好！这样的生活完全没有婚姻生活的不美好处，而完全呈现婚姻的美好一面，如果只一味地看到双方光彩、才华那种表象，婚

后也许就不那么协调。

我过去的太太婚前对我下棋的技艺崇拜不已，婚后有时因下棋耽误洗碗，隔天那油腻腻的碗还在水槽里，留待我去洗；有一次因看电视足球，搁下推草工作，推草机也丢在那里，淋雨生锈，过两个星期，邻居抱怨我们怎么回事，她因此和我大吵一场。难免有这些生活上的摩擦，年轻时必须妥慎处理，如同我现在做官要解决问题一样。但我现在五十几岁了，这些路都走过了，要再步入婚姻，当然顾虑多些。不过当然也并不是不想，总之，婚姻双方，能自然地容忍对方的缺点比欣赏对方的优点更重要，我生活散漫，不算一个好丈夫吧。更要谨慎。

这些想法说说可以，别人却不能体会我的心情。回台这么多年来，我从来没有闹过绯闻，如果现在有贞节牌坊的话，应该给我立一个。（大笑！）我的原则是不跟女学生、有夫之妇有任何牵扯，而且我最大的本事是化爱情为友情，以前的女友结婚了，两三个小孩，我到美国去，也会去拜访他们，住在她家里。刚分手时固然会难过，但我认为感情的伤害容易平复，自尊心、信心的伤害才是真正的伤害！

郭婉容像教学生般教我如何审查预算

问：您方才提到将政治当作"业余"，也不想成为"职业"，那么假定政府邀请您出掌某一部会，您个人的意愿是？

答：我首先说明"业余"和"职业"的意义。记得胡适之先生曾对丁文江、蒋廷黻等对国事有兴趣、对做官没兴趣的朋友说，如果有一天步入政界，先要有吃饭的本领，那么在从政时就不必靠这份职务吃饭。胡先生的意思是：一个知识分子要先能安身再来立命，如此才能真正为国家做些事情。我所谓"业余"就是这个意思。

而且，我初入仕途，实在只能算个见习生，有一次我听郭婉容部长报告预算，我说过去做单身教授时薪水自动进入银行，口袋里放一笔钱，用完了再拿就是，每年还有"岁度积余"，现在要审预算可苦了。她就教我，走出来到行政院一楼的大厅堂，她还跟我说 P×Q 等于什么什么，在厅堂里一讲就二三十分钟，人家一个个走过去，不知在谈什么要务，却不知是郭先生在教学生呢。

至于主管哪一个部会，我觉得政务委员对我来说最适材适任，而且胜任愉快。我不想到任何部会，假如有个"大陆事务委员会"，我愿意去做个委员。基本上我对目前的工作十分满意，别无他想。

问：过去的报道曾提到，有人称您为"甘草人物"，您可愿当个政坛上的甘草人物?

答：我对当个甘草人物并不排斥，但对"甘草"的定义则必须讲究。甘草人物并不是在分配政治利益时，才显现出甘草性格，我的个性兼容并蓄，对不同的意见也能予以适当尊重。是这样性质的甘草，不过在目前政治利益倾轧的时代，即使当甘草也很辛苦。

问：您能否以几个字或几句话描叙自己?

答（沉思了许久）：我不知道如何描述，这应该是你们来描述我，基本上我想我一直是"量才适性"，至于如果一定要我说，我就说我是个好人!

问：赵耀东先生曾强烈指责台大的学生对社会贡献太少，您也是台大学生，对此有何看法?

答：我觉得这也不能单指台大学生，四十年来社会风气所趋，毕业后就留学，大部分就待下来了；也不单台大学生，而是普遍的大学生缺乏使命感。那时大学生对台湾前途不是很明确，老一辈的，在社会有相当地位的，才关注于经国济世，年轻人就叫他好好读书嘛!

赵耀东先生单指台大，那是因为台大的学生比较优秀，留学生的比例较多，应该是对优秀的知识分子加以当头棒喝，这才比较合理，单指台大，我觉得不太公平。或许他是语不惊人不甘心吧!

据我的了解，赵先生说这话时是在任职中钢时，而发表时是任经济部长时；我觉得他没有理由如此感慨，即使到现在中钢也不过只有两三个博士，要求的人才是实干苦干的。而台大的自由学风，以及追求高科技的信念，自然不符他的想望。现在科学园区几乎都是台大的。时代的要求不同，如果那时我在，一定会把这个真理跟他说明的。

——原载一九八九年二月十四日《中央日报》

罢官的滋味

沈君山先生担任政务委员期间，曾以闹钟自喻，此番"下野"，重返清华大学，同校物理系李怡严教授找来一张原刊在外国杂志的一幅漫画，贴在沈先生办公室门上，画中一只闹钟被高高吊起。李教授在画旁边写道："欢迎归来！"沈先生显然觉得这幅画相当幽默，当他接受"中副"访问时，桌上便摆着这幅漫画，笑着对我们说："距离上回接受'中副'访问，才过半年，我的身份却大有不同，上回是特任官，现在恢复一介布衣，上回还是单身贵族，现在却是'死会'，哈哈……"

访谈于是在轻松的气氛下展开。

"家里的老板"忽然赋闲，只身前往南非

问：您"下野"之后，立刻有南非之行，是去散心吗？还是有其他理由？有什么启迪感想？

答：南非那边是早就约好的，原本打算和太太一起去，算是补度蜜月，但是，到了六月一日，她的老板升了官（按：沈夫人曾丽华女士是"中央银行"新任总裁谢森中的机要秘书），她也跟着换了新职，一时离不开，我这个家里的老板却忽然赋闲，便仍依计划只身前访。同时还参加了个桥牌比赛，一半的时间待在史瓦济兰（又译斯威士兰，南非内陆国家）的度假山庄。另外一半时间则游览南非的国家野生动物园。

史瓦济兰是南非的一个黑人独立王国，政府行内阁制，是一套体制，但国王酋长和臣民间的关系是另一套体制，平行运作，很有意思。刚去世的老国王，有一百十几个太太，现在的新国王，只有二十一岁，还在一边上学读书，已有五个太太。史瓦济兰的旅游设备相当现代化，但生活节奏缓慢，人民乐天而安命，若谈效率，当然是糟透了，但看他们自得其乐，使我想起某印度哲人咏时间的一首小诗，大意是：时间本来是永恒的、连续的流逝，只有傻瓜才把它切成一段一段，要在一定的一段做完。

台湾在史瓦济兰原有农耕队，现在又派去了手工艺队，颇尽

责，有好几位聘约期满又再续聘，还把家眷也接去长住的。他们都说，在史瓦济兰住了几年，回台北也就不习惯了，看来是准备落籍，把史瓦济兰当作桃花源，来此绝境，遂不复出焉。

南非的野生动物园有半个台湾地区大，动植物在其中自然生长，各种动物潇洒地走来走去，根本不把来参观的人放在眼里，倒是游人还紧张兮兮的，我在南非寄了些明信片和照片作家书。

（说到这里，沈先生到他卧房里去拿了些照片和明信片出来，翻着给我们看。）

这一张是狮子在公路上走，我们开车跟在后头，它回头瞧我们一眼，又径自前行。照片后面我摘录了苏东坡的两句诗："猿吟鹤唳本无意，不知下有行人行。"人自己往往把事情弄得很复杂，忙来忙去，在动物眼里，还真不明白人类究竟在做什么。

这一张碧草如茵，花团锦簇，后面写的是"川原红绿一时新，暮雨朝晴更可人，政事纷扰何时了，今朝抛却去寻春"，这是我刚到南非寄回来的第一张明信片。

这一张云聚远山，是好望角有名的桌山（Table Mountain），后面写的是"可叹浮云失进退，未成霖雨便归山"。是就王荆公的诗改了两字，他在新法初行，朝议纷纭时做的诗，有两句"谁似浮云知进退，既成霖雨便归山"。

这一张是旅游数日后写回来的，"昨夜扁舟雨一蓑，满江风浪夜如何？今朝试卷孤篷看，依旧青山绿水多。"以后再写的，便另有风光，不足为外人道了。哈哈，你要问我的心情变化，这就是了。

我原是匹"马"，不必勉强自己去做"相"或"炮"

问：每次和您谈话，您总不时引用几句诗词，贴切地形容当时的情境。不知您小时候在这方面是否曾受家庭或其他的训练？

答：小时候，家父也希望我背诗词，但我就是不肯，那时充满了反叛心理，他要我读书，我就是不肯用功。等到读中学时，正值战乱，我在香港住了两三年，成天踢足球，曾经加入著名的南华少年队，如果不是朝鲜战争爆发，我迁居台湾，我很可能成为职业足球选手。到台湾之后，我仍是热衷踢球、打桥牌，真正懂得欣赏中国文学，是在赴美得了博士以后。我在普林斯顿大学做博士后研究时，全心全意专注于理性的研究工作，而精密的计算和思考是十分辛苦的，于是我在抽屉里放了《庄子》和诗词方面的书，本行的功课看累了，便打开抽屉念几段，作为调剂，也有逃避的心理。小时候父亲曾希望我背些诗词，但因我不感兴趣而作罢，没想到在我年近三十，物理博士读完，却回过头来，把中国诗词读熟了。此后我继续不断看中国思想和文学方面的书，兴趣一直维持至今。

问：您在六月四日卸下官职，大家均感意外和遗憾。您个人对此的感受如何？

答：我认为政坛正如一盘棋，每个人都是一枚棋子。有需要时便被摆上棋盘，时机不对时便被换了下来。我并未去追究自己去官的真正原因。不过我想这和下棋一样，也没什么太复杂的因素。譬如说，我原是匹马，也没有勉强自己去做个"相"或"炮"，因为这样改变，自己痛苦也做不好事，一个人最要清楚自己的角色。八个月前你们访问我时，我曾表示，可以仕，也可以不仕，"仕则不忘其所以立身，不仕则不忘其所以居国"。做官时，不要忘了自己应如何安身立命，不做官时，也不要忘了自己仍是集体的一分子，应尽到一名知识分子的职责。

问：第一位通知您去官消息的，是谁？

答：都是记者啊！据我了解，星期一才开始拟议内阁名单。那天中午开始，便有记者打电话来，他们的消息来源不同，猜测不一，来的电话便有二三十通之多，全是来探我的口气的，可是天地良心，我真不知道呀！那天晚上，我和曾丽华下西洋双陆（Backgammon），记者的电话不停地打进来，我表示不知情，他们怎么也不相信，还要问下台的原因，有一位记者，还半玩笑半威胁地说："十一个月政务委员就下台的，过去的纪录不是贪污就是匪谍，你再不说原因，我们就这样写了。"真是可恶，搅得我输了一盘棋。至于我真正接到通知，则是在星期二下午。

去官后可以少穿西装，不用再每天回敬八个礼

问：十一个月前您出任政务委员时，是谁通知您的呢？

答：按程序，政务委员的任命必定是由行政院长正式通知。当时我正在清华大学，先有一位在内阁任官的朋友，打电话告诉我，接着，院长秘书和我联络，表示院长第二天要见我。次日我见到院长，他告诉我要我出任政务委员，请我帮忙等等。所以说，我去行政院，是院长通知我，我离开的时候，是记者通知的。（大笑）

问：您去官后，新婚夫人的感想如何？她习惯做官太太吗？对您有何期望？您自己觉得如何？

答：丽华是一个淡泊内向的人，我们认识也有三四年了，原本就没有想到我会做官。结婚后，她做了两个月的官太太，为了应酬做了两件旗袍，也不太习惯穿，还收到一张行政院妇联会常务理事的聘任状，还没来得及去开会，这个"诰命夫人"就结束了，我想她是感到松了口气。其实，现在和从前是不同了，古代读书人的确只有做官一途，否则连吃饭都有问题，现在则不同，安身立命之途

很多。做不做官对我而言，实际生活上可说有得有失，得的是可以少穿西装，不再要每天回敬八个礼，大热天穿西装，真是挺累人的（沈先生那天穿了件白色短袖凉衫，十分轻松自在）；失的是没了座车，每天下班必须搭公交车或出租车回家，常会叫不到车，而我住忠孝东路四段，出租车司机不喜欢去。有几回我上了车，还被司机赶下来，不过，我也有三次被专送的经验，是我不认识，但他们却认识我的市民，看见我惶惶然站在路边，就停下车来载我一程，有一位还一直送我到家门口。

回想起来，回台湾十九年了，从来没有自用车，不是搭公交车便是出租车，也没感到不便，这一年有了专车，上下有人开门，一下子没车了，要看计程司机的脸色，才体验到由奢入俭难的味道，不过现在已经又习惯了。

问：您"下野"之后，仍主张知识分子应从政，原因何在？而今日的知识分子和传统入仕，在从政的角色和进退之道上，又有何异同？

答：中国传统读书人只有两条路可走，或是躬耕于南亩，隐居一隅消耗一生，或是去做官，所以仕是士加个人，士——智识分子——要过得像个人便得去仕——做官。现代读书人的出路却多得多。

还有，古代的知识完全是人文的，从束发受教起，学的就是两件事：做人和做官。要懂得"进则儒，退则道"的道理，得意时任职朝廷就要行儒家之道，下台了退居林泉，就要有道家修身养性韬光养晦的修养，而儒家的道，是有一定的伦理，"忠"的对象固然是君，但忠的方式却有约束君王使之成贤君的责任，并不是一味听话服从。而在制度上，中国古代的官和朝廷之间的关系是融合制衡和执政两种作用，亦即身兼执政党和反对党于一身。对中国皇帝而言，普天之下无非皇民，率海之滨无非皇土，国家属于他一个人的。他将天下贤士找来，做他的臣子，一方面替他办事，另一方面也要求他们发生制衡的作用。因此，不但有专司纠箴的御史台谏，就连相当于今日内阁的中书、门下、尚书三省，它们分司取旨、封驳和执行之职，但中书取旨之后，可以邀还，等于秘书长拒绝起草命令，门下的给事中审读命令后，认为不合，又可以"封驳"，没有给事中的签名副署，命令就下不到尚书省去。所以，三省中倒有两省是可以制衡皇帝的。

中国古代的君主政治，不许取代，取代就是造反，是要杀头的。但处处顾及制衡，朝官都应是闹钟，皇帝也以能听到闹钟响为荣。因为历史的经验告诉他们，充分的自我制衡是防止被取代最好的办法。

至于现代的民主国家，则由执政党和反对党分别担任执政和制衡的角色，反对党和执政党是站在对立面的，制衡之不足，还可以取代。近现代以来，民主制度尚未充分发展，还没有一个真能发挥体制外制衡作用的民主政党，在一党长期执政的情形下，常邀请所谓"社会贤达"入阁，多少也取法传统上在体制内兼听广纳自我制衡的意思。

闹钟并没有被按掉，只是从卧房搬到客厅或走廊

问：您的意思是说，有了健全的反对党之后，社会贤达的角色便不那么明显了。那反对党和社会贤达是否应为两回事？

答：对，他们在政府体系之内运作的情形自然不一样。英国的民主制度历史最悠久，发展得最理想。英国有反对党、有影子内阁，而包括报业界、新闻界、学界等所谓的社会贤达虽也扮演重要角色，但并非在政府或反对党的影子内阁内。通常一个反对党的功能，有三个层次，最低的是反抗，再者是制衡，最终是取代。英美等国的反对党已有取代的能力，而有些国家的反对党可以做到投票抵制，发挥制衡功能；最原始的反对党便是反抗，是为了反对而反对。台湾到目前，反对党的功能才刚刚从反抗到制衡，而且台湾的体制，虽然因袭英美的民主制度，但处处仍保留着"内部制衡"的传统精神，像政务委员，审查法案预算和在院会发言，就有门下给

事中的意味，像这样的角色，我觉得还很适合我，马英九说我是"身朝言野"，可是我认为，这就是我在行政院中该扮演的角色。

问：您曾自喻"闹钟"，我想请问，闹钟在什么情况最容易被按下去？

答：（大笑）这个问题很幽默……其实，我这个闹钟是比较无害的，我在外面从不多说，而我所说的话也基本上并不违反政府的政策，也许只是作风潇洒了些，而我刚才也提到，如果我们有完全的政党政治，内阁中便不需要社会贤达了。不过这和闹钟并没有关系，事实上闹钟也没有真被按掉，只是从卧房搬到客厅，或者走廊而已。

问：您发现新内阁名单中，没有自己的名字，虽然一直表现得很坦然，但多少有些感触吧？

答：从记者处初听到"出阁"的消息时，的确有点意外。不过基本上，我对此番能够"走一遭"还是十分感激。我原本就没想到会去做官，平日我喜欢伸出头来，管点事，过去也替政府处理过许多"疑难杂症"，但都是以私人身份参与。这十一个月来，身为政务委员，既能参与，又能学习，机会太好了！我尽量到处去看、去了解，而在参与几个法案和预算的拟定或审查时，有关部会都会派人来，从他们"实务"的立场，我可以了解各方面不同的意见。平日我们考虑事情只从理论层面，这时候能够深刻体会从理论到实践，是相当不同的。对我而言，是很好的学习机会。正因如此，我主张知识分子应从政，一方面政府有此需要，一方面对个人也是很好的历练。关心时政的知识分子，"在野"时，只是从理性、主观的角度看事，若有机会进入政府，能够从实际、整体的角度看事，对自己的成熟度和成长助益良多。

政治比学术复杂太多，实际困难比说的多太多

当然，学人从政并不是专要你去管闲事，做个麻烦制造者，只是政务委员是不管部部长，这是他的职责。事实上，知识分子从政，大部分还是做技术官僚，用你的专长在你的范围内做事，我想，愈是民主化现代化，这个趋势愈明确，就是政府中愈需要技术官僚，而社会贤达的功用减低。不过，学人从政，总要多忘记"本位"，多记得"理未易察"，在研究室里，你可以只看重自己的专业，别的事你都可以不管，到政府做政务官，就不能这样，否则，天天会撞板。还有，理未易察，政治比学术要复杂太多，实际困难永远超过说的，发言时，不要忘记替做的人设身处地地想想，这也是做政务官之道。

至于做官和不做官的滋味，最近常想起二十年前和刘大中先生

的一番谈话：刘先生是有名的经济学家，原在康奈尔大学任教，受知于蒋介石先生，回台来任了两年赋税改革会的主任委员，改革税制，任满又回康大任教，但仍不时受召返台备咨询。

刘先生和先父是好友，记忆中是在一九七二年，我访问康大，打了个电话说要去看他，他说当天下午就要搭机赴纽，转道返台，不过，中午还可以一起吃顿午餐。于是，我们就在风和日丽的春光下，面对美丽的卡优卡湖，一起吃了顿午餐。那天刘先生轻装便服，潇洒从容，一点也看不出要出远门、定大计的样子。使我想起罗素自传里的一个故事：20世纪30年代的一天，正值世界经济大恐慌时，罗素在剑桥的校园里，看见同事凯恩斯骑了一辆自行车匆匆而过。罗素喊住问他，这么匆忙干什么，正是午茶时候，吃一杯茶再说吧！凯恩斯挥挥手说，我要赶下一班火车去伦敦，回来再和你喝茶吧，埋着头骑着车就走了。第二天罗素翻开报纸，赫然头版头条，政府采用凯恩斯的新经济方案，采取种种突破性的措施，而世界经济恐慌竟然也就起死回生了。

我把这个故事讲给刘先生听，当然他也知道，不过我说，现在自行车换了飞机，所以可以休闲地吃顿午餐了，他哈哈大笑。说起税改的事，他说被商人骂惨了，但得蒋公支持，得行所志，三年之后，已见其利，十分自得。"不过，"刘先生叹口气，"就是不能登台唱戏。"刘先生是评剧迷，而且造诣亦深。台湾名角如云，都捧着他，他也很想会演一次，只是朋友们告诉他，现在他是政府官员，不能随便登台，"老先生知道了，不方便。"所以他也只好憋着。

刘先生讲起评剧，眼睛都会发亮，讲着讲着，忽然说："还有一件荒唐事！"两眼瞪着我，卖了个关子，才又用标准的京片子往下讲："上次回去，台湾在搞什么十大革新，公务员还不准上歌厅，那评剧厅就和歌厅在一块儿，我和某某副主委去听戏，被隐藏的录像机录了下来，告到政府，还好大家都说刘大中去听一定是听戏，不是听歌，否则，还要记过申诫，连带某某也要倒霉！"

"真是荒唐，荒唐！"刘先生连说了两个"荒唐"，也不知是说自己荒唐，还是说所谓"革新"荒唐。

又过了几年，刘先生终于在中山堂演了一回周瑜，得遂所愿，不过也成绝响，半年后他就去世了。但是今天回想起来，卡优卡湖畔他侃侃而谈的笑貌，犹在眼前。总之，书生从政，在台上就尽力地做官，下来了就尽兴地随心所欲，量才而适性，各有得失吧。

问：《中国时报》记者徐宗懋在荣总疗伤时，宋楚瑜先生曾去探望他，他建议宋先生，此时应加紧培养"中原性格"，不知您的看法如何？

答：什么叫中原性格呢？我看我们台湾的人，是具有"联考"性格。我们这一代，和比我们年轻的人，成长的年代都是在联考的阴影下过的，联考是一个固定的框框，不论原来一个人是方的、圆的，都要勉强自己从这框框过去，愈能符合那框框格式，愈就被父母师长认可，在成长的年代，这压力是够大的。联考教给人的，是"代价和效果"——只要把与联考有关的背熟，便达到最好的效果，多读或多想其他的问题均属浪费。学问分记忆、理解、创造三个层次，而创造重于理解，理解又重于记忆。但是联考的要求恰反其道而行，甚至只重记忆。联考制度对一个人的一生造成很大的影响，养成凡事用最经济的方法，只顾解决眼前问题的性格。加上岛内的环境令人眼界不够宽广，在十多年前留学困难的情况下犹然。现在虽然开放留学观光，许多人有机会到海外走走，增广见识，对拓展眼界和心胸颇有助益，但是并非每个人都能做到。

问：徐宗懋所提出的"中原性格"或许指的是传统文化的继承，以及民族性的培养。

答：刚刚我提到联考、岛域环境，还有就是政治环境的稳定。但政治方向的不确定，使台湾人民养成一种现实而自顾自的性格，连对中国的认同都有问题时，怎么要求他们做文化的继承呢？

联考性格的现实性，其实有短处也有长处。今天台湾中小企业的兴盛，经济上的韧性，也和这种机灵现实埋头拼干的性格有关。性格总是受环境影响的，我们应该因势利导。鼓励人民到世界各地去走走，开拓心胸眼界，从岛域性格提升到"海洋性格"，这比培养中原性格可能更能适应未来的潮流吧。

大家觉得意外，好像期望我娶个电影明星似的

大家觉得很意外，好像是期望我娶个电影明星似的，而丽华却是很质朴很沉静。但我原就不是公子哥儿呀，只是不计较些，就被报章杂志公子公子地叫开了，我桌上压了张纸条，写的是"量才适性，终身不忧，守真取璞，终身无悔"，这是我循自己天性采取的处世待人之道，量才适性的人，一定要懂得守真娶璞，真璞待友，真璞娶妻，才能让自己俯仰自如。

问：在十一个月的政务委员任期内，您觉得愉快吗？

答：我说过，对这十一个月的经历，我一直心存感激，因为让我有机会了解很多事，基本上是挺愉快的，有点像新生上学，就是有点小烦恼都让学习的新鲜心情抵消了。如果我重新来过，只是有一点要改，就是我应对记者的方式该有所改变。我实在不懂得应付记者，记者在写报道写文章，常把他们自己的意见，借我的口说出。虽说应"文以载道"，但记者做访问记录时，不应该"载道"，只应该"记事"，但现在只要为政者透露一两句话，记者便加入自己的意思，大做文章，而且标题写得十分耸人听闻。为政者因此变得不敢多讲话，可是愈不讲，记者愈要写，过去是"枪杆子出政权"，现在台湾是"笔杆子出政权"——这是很大的问题。

问：不久前，您在任上时，还提出要评审记者的主意，其实新

闻界一直对您的评价不错，为什么您对新闻界有那么多意见呢？

答： 从前做教授时，交了很多新闻界的朋友，真是很谈得来。但进入政府后，才真正感觉到传播媒体对台湾的影响，能载舟亦能覆舟，太值得注意了。

现在政府做事的人，见了记者是敬畏有加——应该是畏而不见得敬，说新闻业是制造业、修理业、屠宰业等。其实修理屠宰都不可怕，因为你有了把柄，修理屠宰才会找上你，最怕就是被制造，那才是叫天不应，叫地不灵。

平心而论，新闻记者绝大多数是敬业的，新闻自由的效果也绝对是正面的，我常说新闻自由之于民主，就如经济自由之于富裕，只有自由经济才能创造民生富裕，因此自由经济带来的一些负面，如贫富不均等，也必须接受，不过最自由的经济，也有一定的规范。新闻自由亦然，它把一切暴露到阳光下，当然细菌就不容易繁殖了。但现在的问题，是因为报禁忽然开放了，新闻人才也不够，竞争也太激烈，因此产生了三个不相称：功力和压力不相称，能力和权力不相称，使命感和责任感不相称。竞争的压力太大，要抢新闻，抢头条，功力不够，只有比渲染、比制造。现在记者一支笔真比一支枪还厉害，但初初跑新闻的，碰到五花八门的事，哪能样样都懂，哪能事事把握分寸，信笔写来未必有恶意，苦主却连申冤都无处申。还有，就是有些记者，使命感很强："真理在我家，替天来行道！"这样，若是谨慎小心，有责任感，是会成为社会正义的力量，但若责任心不够，只是跟着感觉走，那就糟了。

其实我也不是对新闻界有成见，应该算是诤友吧。日本人说新闻舆论这个第四权，现在是比行政司法立法三权都有力量。台湾的新闻界也应好自为之，公信力得之不易，失之甚易，我们的民主化，正在摸索起步，太需要可信的舆论来督促了。

如果我年轻十岁，也许会竞选民意代表

问：您是否有意竞选民意代表？

答：从无此心，也许我年轻十岁，会想通过这个渠道为社会服务。其实，现在的民意代表因为要争取选票，平日需为选民服务，真正花时间在时政大事上的人不多。而且民意代表若希望对政府大事有影响，绝对要靠新闻界的力量，由新闻界将他在国会中的质询渲染开来。我想，我不用当民意代表，也可以设法做到这样。

问：您的生活一直多彩多姿，为什么还要替政府替社会做这做那呢？单做教授不是更逍遥自在吗？

答：确实更逍遥自在，不过我给你讲个《西游记》里的故事。孙悟空被如来佛祖收服，戴上金箍咒，保唐僧上西天，一路上千苦

万难，而猪八戒心怀嫉妒，沿途搢唆唐僧，说孙悟空的坏话。一天，唐僧信了老猪的谗言，立下休书，把老孙赶回花果山。老孙在花果山称王称帝，倒也逍遥自在，但忽忽若有所失。过了数日，唐僧路上有难，八戒沙僧俱不管用，不得已，只得去求观世音菩萨。观世音菩萨把悟空从花果山找来。悟空说："师父已立下休书，我在花果山自由自在，不去服务那蒙和尚了。"

观世音菩萨问："猴子，你在花果山真心无牵挂？"

悟空说："倒也不然。心中是没个着落。"

观世音菩萨说："着了，你有了个成正果的心，便是心中已有金箍咒，再也脱不了了，头上戴不戴都是一样。去吧，去吧，西天求正果去吧！众生苦难，佛法无边，任你猴子七十二般变化，也跳不出吾佛的心法也。"

于是，孙悟空只好又带上金箍咒，一路受苦受难，却似乎上了正途，心中还颇自得呢！

看来凡人都是跳不出吾佛的心法的吧。

——原载一九八九年十月四至六日《中央日报》，

收入本书有删减

审预算

一九八八年夏，我忽然被邀"入阁"，这是我第一次踏入仕途，而且一做就是特任官，心中当然是有些高兴，很快地答应了，在上任前最后一天，觉得无论如何该到吴大猷先生那儿去报备一下，乃约定了时间，但到敲门的时候，心中却是惴惴的。吴先生不喜欢官场，是大家都知道的，不久前，一位他十分看重的学生，内定接任中央大学校长，吴先生知道了很不高兴，打个电话给教育部长，说这人是做学问的人，你们要他去做校长，是毁了他，硬生生地把校长位置代退了回去。我拖到最后一刻去看他，是准备领骂的，但开了门见了面，我刚嗫嚅两句，他翻着白眼看我一下，说了一句："到行政院去磨炼磨炼，再回学校，也好！"然后拿出一盘糖果，让我吃块糖，就开始教训入仕该把持该注意的事，但此时我因没挨骂已喜出望外，言之者谆谆，听之者却一句话也没入耳。结果，上任后不到一个礼拜，就因安排"中研院"代表台湾去大陆参加"国际科学总会"大会的事，对记者说了些必然是虚话、假话的官话，在全台电视上挨了他足足二十分钟的骂。

其实，吴先生不反对我做官，一点也不意外，只是反应出他对我的了解和我在他老人家心目中的定位，也预料到这结果。果然，"历练"还不到一年，就又回学校做"士"去了。

不过，我想他也不是完全没有私心，吴先生一九八四年出任中研院院长后，亟思有所作为，但却扼于李国鼎先生，李先生时任负责审编科技预算的政务委员，无论个人风格还是执政理念，吴李两老都大相径庭，大致而言，吴是为科学而科学，学术本身就是目标，李是为富国强兵而科学，偏重致用，更接近蒋经国本人的理念。所以中研院经费也总上不来，始终在二十几亿左右。我出任政务委员，接管的正是李国鼎那块，吴先生当然喜出望外，认为是天赐良机，当年就编了二十几亿的预算，而且事先告诉我，在审核预算那天，要亲自来备询。行政院编预算，当事单位来备询，可是从来没有的事，我问了相关的主计会计单位，都说此举后遗症极大，绝不可开先例，我虽然不敢直接找吴先生，也只好硬着头皮和时任中研院总干事的韩忠谟先生通了个电话，告诉他此事不宜，韩老于官场，当然知道其中利害，满口地答应，但最后加了个但是，"我一定转知并且劝阻吴院长，但你是知道吴老师个性的……"我听了这句但是，就知道前面说的全是敷衍的空话，但也无可奈何。

审编预算的那天，我召集了主计、研考等相关部门人士，到行政院一楼的第二会议室开会，刚刚坐定，一位警卫忽然气急败坏跑来，说吴"院长"来了，正坐在门房，说要来参加审查会。我一听吴老师驾到，知道大事不妙，但总不能让他在门房坐着，主持会议也管不着了，赶紧就向大门跑，果然吴老师挺着个大肚子坐在那里，带了韩总干事，还有一位阎主委振兴。

阎在我还是台大学生时，已是成大校长，后来历任台大校长、教育部长，是一位极精明能干的官场老手，"九年国教"就在他手里完成。时任原子能委员会主任委员，对他而言，这是一个半退休养老的职位。我和吴先生打了个招呼以后，赶紧向阎老寒暄："您老也来了？"

阎笑嘻嘻地说："大猷要我陪着来，就只好来了。"

当然，"原委会"的预算，也在这天同一会议上审查。

吴先生翻了翻眼，看了我一下，也不多言，只说："走，我们开会去！"然后起身就走，一直地向二楼走去。

我怕他真的直接就走到二楼的院长室去，赶紧带路，说这边这边。

回首看看韩总干事亦步亦趋地跟着，阎主任也闲庭徐步地随着，我有些尴尬，只好打躬作揖地向他们说。

"两位就不敢劳驾了，谢谢！"

但吴老师却大方地说："没关系，没关系，大家一齐去。"

于是大家就一齐去了。

然后就开始审查，研考会的副主委先站起来报告研考会的意见，刚说了两句，吴先生举举手就站起来说："慢着，慢着，这位先生恐怕不太懂中研院的功能。"

我赶快请吴先生坐下，说慢慢来。吴先生给了我一个白眼，还是站着，他讲课也向来站着，从根本说起的："学术嘛，就是要为学术而学术，科学嘛，就是要从基础做起……"

老先生讲了二十分钟，毫无下课的意思，堂下面面相觑，主席满头大汗，只好抽个空子打断："吴'院长'，我们来看看预算吧！"

看预算，那可以，本来就是来看预算的。审来审去，零零碎碎地砍了几千万，另外两笔款总共四亿五千万，暂时保留，待沈'政委'研究后向吴'院长'说明了，再予定案。

好了，总算熬过去了，正要宣布散会，阎主委发言了。

"怎么原委会的预算就不审了？"

哦，还有原委会的预算，真是急糊涂了，于是，添茶坐下重开审，阎主委慢条斯理地说："原委会是小机构，预算一共两亿多，要删要加，沈政务委员看着办，原委会绝无意见，但核能所有一千二百位人员，都是台湾的人才，军方十分在意，务请列入编制内。"

编制内？看看薪水也差不多，我那时还完全不了解编制内和编制外有什么差别，就望着主计处的人员，但我眼睛看到哪里，阎主委一双精明的老眼，也望到哪里，谁都不说话，还是一位老参议出来打圆场。

"这样吧，下次再审，斟酌办理。"

阎主委当然不肯放过，下次再审？没吴老撑场，还能来参与审查？

"不必不必，沈政务委员也很忙，今天事今天毕吧。"

主席看看左右，没人吭声，吴老师已把皮包放在桌上，一脸不耐烦的样子。

"这样好了，裁减一百人，其余列入编制。"

主席的英明裁决，阎老欣然接受，大功似乎告成，回到办公室才知道铸成大错，这样政府就要养这一千一百人一辈子，为这一千二百名额，李国鼎政务委员挡了两年，沈政务委员却一口气放了，后来被李老好好地训了一顿。

那中研院保留研究的四亿五千万，一笔三亿是生物医学大楼的建筑费，一笔是原子分子实验室（原分所）的特别预算，本来，"再研究"在官场的意思就是"不研究"，删了！但对吴老师而言，再研究是一切的开始，这沈政务委员了解，忝列门墙三十年，挨骂最多的门生，这点能不了解？

这两笔的后台都很硬，生物医学研究所（生医所）的筹备主任是钱煦，原分所的筹备主任是李远哲，那时李已得了诺贝尔奖，还未回台，"朝野"同敬，声望之隆，一时无二，原分所他只是遥领，实际主持所务的是李的挚友张昭鼎，他是清华教授，原也相熟。但原分所送来的预算计划，只有一页。草草数语，大概是仗着李的声望。主计单位让他们补送资料，到时也没送来，虽然我知道，原分所是中研院一定要重点发展的，计划本身也不错，但这个作风不好，就没让它过，也算是对吴老强势作风的一点抗议。吴也无法坚持。后来李远哲从海外回来，听说原分所的预算没过，问是怎么回事，我当着李和张的面说了理由，李是讲理的人，就对张说，赶快补齐资料重提计划。李只回来几天，行程排得满满的，就在他离台那天，我带了主计单位的一位科长，张昭鼎带了重写的计划，一起去机场相送，就在贵宾室里，张逐项地解释预算内涵，李在旁边补充，在机门关上的最后一刻，将原来的一亿五千万删去三千万，把预算通过了。

至于生医所的三亿元是造大楼用的。那时，生命科学在全球学界已取代物理科学，成为最红的显学，台湾也在奋起直追，但还刚刚开始，一些在学术前沿已经建立起地位的海外学人，有协助意愿，这在他们自己当然也是开辟一个新的舞台，但对这些正当壮年的学者，要他们完全离开好不容易争来的国际学术岗位回台，确是强人所难。而生命科学这个领域的发展，又必须群策群力，于是他们采取轮流回台的方式，帮助中研院建立分子生物和生物医学两个研究所，从20世纪80年代中期开始，几位资深的学者，钱煦、王倬、吴瑞、黄周汝吉、黄秉乾、吴成文等，利用休假，以每人负责一年的方式轮流回来担任筹备主任或所长。当时我还在清大负责筹划生命科学学院，向他们请益的机会很多，渐渐也就熟识起来，其中几位更建立起迟来的友谊。他们都是早年台湾联考教育和后来美国学术园地高度竞争环境下的优胜者，也都具有得到这优胜必需的条件，进取、认真、敬业，当然，能争的也一定争。但Fair play（公平竞争）总是心中的一把尺，他们里面，最初领头负责生医所规划的是钱煦，钱煦和我在台大求学时就认识。他比我高几级，但因是读医学院，我进校时他还在校，我们同是足球校队的队员，台大校风向称自由，自由之极便是散漫，足球队就很有代表性，比赛时要把队员找齐都不容易，练球时，当然更难，说来都并不一定来，来了，迟到几十分钟是正常的。钱煦却是个例外，医学院功课忙，不能每次都来，但若答应了，必准时到，球场上没有人，就一个人练盘球，我当时被推为队长，其实只是公差队长，做些帮教练找队员、催队员来练球的苦差事，对这样一位特殊的队员，印象也就特别深刻。

后来，大家都离台了，一九七〇年，钱煦在纽约哥伦比亚大学任教，热心参与华人活动，又有过几次交往，是一位既讲理又好沟通的人。

组成一个团队，拟定一个长期规划，轮流返台负责执行，比早期的零零落落个别回来讲学，效果当然好得多，但若要开创一个新领域，建立一个活跃的研究所，势必要有人长期回台负责才行，这个道理吴院长钱院士等当然都懂，但真要说动人回来却不容易。

听说预算被保留了，负责的人当然要来活动设法。一天下午，钱煦和好几位生命科学团队的朋友，一起到行政院我的办公室来找我，略一寒暄，就说生命科学如何重要，而生命科学是实验科学，必须要有先进仪器和放置这些先进仪器的大楼等等。这些场面话先说了一遍，我也耐心地听，但耐心了三分钟，就打断了说客的话："都是老朋友啦，这些话当然有道理，大家都懂，大楼固然重要，但人更重要，'所谓大学者，非有大楼之谓也，有大师之谓也'，不是有这样一句名言吗？研究所当然更是如此，轮流回来只能是阶段性的，政府要投资有所承诺，你们也必须要有一个够格的人长期回来，领导新局，双方都有承诺才公平……"这些话是有点官腔，但毕竟有些道理，钱煦和我是同辈，不像吴老师，对他们是有话可以直说，理直也可以气壮的，是他们来向我要钱哩！

162

和钱煦同来的，最年轻的便是吴成文院士，他刚刚接钱煦的棒，准备做一年生医所的筹备所长，我和吴不像和钱那么熟，但有一次和他从南港中研院同去桃园机场，在车上聊了好一阵天，听他说在保送台大电机后转学医学院，在美国做些什么工作等等，觉得他是很有理想也很进取的人，回家乡的感性意愿特别强，现在也风闻他正在考虑长期返台，因此，我望着吴君对钱煦说："若你们中有一人能长期回来做所长，生医大楼，连带那些仪器的预算马上就批，一文也不少，若你们一时不能决定，那预算就保留着，哪一天有人就哪天给！"

钱煦平常讲话总是笑眯眯的，当时只好笑着脸说"唔，好，唔唔"，一同来访的王倬院士，曾帮忙清华筹设生命科学系，那时带着他的几位学生一起回台担任中研院分子生物研究所的筹备主任，是更熟的一位朋友，也一起来敲边鼓，望着吴说："好，好，先批了吧，有人回来的……"

"哦，你要能回来，带了你那四大天王学生一齐回来，可以再盖一所分生大楼怎样？"我回过头来，半开玩笑半认真地对他说，王院士也只有讪讪地笑笑。

他们离去以后，我心情很好，权力的滋味不错，做官毕竟也有神气的日子，把待批的中研院预算卷宗调出来，特别加注了一段话，"生医大楼的预算原则同意，但要待生医所所长人选确定后再拨。"我写这段话时，还特别去请教隔壁办公室的主计界前辈周宏涛政务委员，一位老于官场的忠厚长者，问他这样写可不可以，有没有前例，有没有用，他笑笑说："前例是没有，不过当然可以这样写，政务委员就是要协助院长做决策，至于有没有用嘛……"他看我很认真的样子，就又加了一句，"院长在后面签个字就有用。"

我把这句话记在心里，在下一次俞院长约见我时，特意把这卷宗带了去，解释为什么要加注的原因，他让我把卷宗留下，后来果然签了字。

不久吴成文就决定回来，生医大楼也盖了起来，现在矗立在中研院的南港院区，那份公文，后来我复印了一份送给钱煦，连同行政院的正式咨文，据说都还保留在生医所的档案里。

吴院士后来不但做了首任中研院生医所的所长，而且规划成立了台湾卫生院担任创院院长，对台湾生命医学研究的发展有开创性的贡献。他的回台，这儿写的只是一段插曲，吴大猷院长才真是煞费苦心，最主要是解决待遇问题，吴成文夫妇都是美国大学医学院的教授，这是多年努力奋斗的成果，美国医学院教授的薪金原本就比一般教授高，和台湾公教人员的待遇完全不成比例，而他们的三位子女正在求学，教育支出必不可少，这是现实问题，吴院长曾就此事问过我，我说这牵涉到人事制度，我实在帮不上忙，他知道这是实话，也就没再找我。后来还是吴先生辗转打通关系，从上面直接批下来。据说是找了几位有声望的省籍医界耆宿一齐去做说客。吴成文的案例，不但解决了吴个人的问题，而且因此建立了一整套"特约讲座"的制度，最初限于医学，后来推广至涵盖整个学术界，建立有差别的薪资分级，最高级别的可以和美国接轨。

20世纪七八十年代，延揽科技人才回台，待遇是一个大问题，不只是经费问题，更是心态平衡的问题。海内外的待遇差那么多，以岛内的待遇，争取海外已有成就的人才回台，当然有困难，但若特别维持海外的待遇，肯定会引起原在岛内工作人士的不平，衍生更多的问题，提升科技争取人才回流普遍面临困难，在不患寡而患不均的中国文化圈，尤其如此。目前台湾这个问题已逐渐被解决，一方面固然因为经济发展，待遇收入工作环境渐近国际水平，另一方面也因为有了像特约讲座这样的制度，根据需要和个别资历建立起差别薪资的客观标准。今天回顾前辈筚路蓝缕苦心孤诣走过的路，不能不有深深的怀念。

——原载二〇〇五年八月十日《联合报副刊》

第四辑

师徒棋缘

一九八六年，施懿宸拜师入门后，下第一局指导棋。

莫教浮云遮望眼

——给懿宸的第一封信

懿宸：

　　你拜师快半年了，在棋艺方面，我实在不能教你什么，职业棋士都能教得更好。很快地，你也会胜过我。但是这多年来，我下过那么多棋，看过那么多杰出的棋士，也许可以为你说些得来的教训，这些教训，现在你未必能完全体会，将来还是有用的。这次林国手海峰回台，大家很是热闹了一阵，马上你又要代表台湾地区参加世界青少年棋赛，我就把这些教训写封信给你吧!

　　昨天晚上，我带你去林国手的旅馆下棋，他把你杀得很惨，我看你眼泪直在眼眶里打转，老实说这是我拜托他杀你的。你和夏衔誉近来棋艺进步都很快，前天在《联合报》的表演赛，又双双赢了林老师和加藤九段，报纸大捧你们，又是神童、又是天才。你们的父母对你们期望也很高。但是，受到这种夸赞，未必是福。它会使你头脑发热，尤其在你们这种年纪，一不小心，便会失去平衡。

宋朝有位大政治家王安石，写过两句诗："只缘身在最高层，不畏浮云遮望眼。"我常常把它改四个字，送给特别聪明、特别漂亮，或者特别有权势的朋友："莫因身在最高层，遂教浮云遮望眼。"意思是，不要因为自己高高在上，便让浮云遮住了眼——因此，看不清脚下的真实世界是什么了。

在你们的年龄，神童啦、天才啦，便是那些浮云。要知道，出名容易成名难。出名可以靠运气、靠人家捧，但要把名声一直保持下去，却得靠真本领、靠不断的努力。围棋的可爱，便在黑白分明，侥幸不来，头脑一发热，报应就到——马上输棋。林国手们，在大庭广众间跟你们下棋，总存鼓励之心，虽不致故意输掉，撒手锏是不随便拿出来的，关起门来，就不同了。昨天晚上，我还怕林国手秉性太过温厚，下棋以前，跟他说："海峰，这些小孩厉害得很，看昨天的棋，四子是不容易让了。"他哼了一声，卷起袖子，这一哼，我知道你惨了，结果果然不错。

输了这盘棋，你很难过，父母当然也有些失望。其实，要走的路正长，天下哪有弈棋不输棋的？这一盘输棋比前一盘赢棋对你是更有用。

二十五年前，我路过东京，曾拜访吴清源先生，那时吴先生仍活跃棋坛，而林国手到日本六七年了，成绩也蒸蒸日上。我问吴先生，他怎样教海峰的，吴先生说："现在弈棋都是公开下，也没什么秘手可教，我只和海峰下过两盘棋，告诉他一句话'追二兔不得一兔'；作为一个华侨，要在异国出人头地，只有追一只兔子。"

十几年后，我在从台北到新竹的火车上，把这个故事告诉王铭琬。那时他刚十二岁，准备去海外学弈，因为从小就很聪明，父母又宠他，兴趣广得很，在火车上天文地理、科学文学无所不谈，也许他心目中有点想学我，我把吴先生的话讲给他听，现在的社会是个竞争的社会，别的行业胜负不那么明显，比较有弹性。围棋是胜负总和等于零的世界，非常残酷的，三十岁出不了头，便永远出不了头，只有做别人胜利的垫脚石了。假如你学棋是作为文化上的修养、调剂生活的消遣，那自然可以悠悠闲闲；但是要作为谋生的专业，那就只有先专心追这一只兔子，别的兔子等追到后再说。

铭琬到日本以后，专心学弈，这两年连续击败一流的日本棋士，渐渐可以接林国手的衣钵了。今年五月间在东京开会，和他一起吃饭，见解也很成熟，在胜负世界里悟出来的道理，有时候比书本上的更深刻。

我们在日本年轻一代的棋士，以林国手为表率，不论是棋艺

一九八六年大年初二，沈君山正式收施懿宸为徒。

还是生活规律，一般表现都不错，都能得到日本棋界和棋界以外人士的尊重。林国手最令人敬佩的不只是棋艺，是他"不忘本"的本性。多少年来，只要台湾的小棋士赴日，他都悉心照顾，在生活上、棋艺上受到他的潜移默化。二十年前，吴清源先生因车祸受伤，被迫从棋坛退出，其时林国手声名如日中天，各种比赛忙碌至极，但他马上组织并参加了清峰会，和吴先生一同指导社会名流弈棋，从精神上、物质上支持吴先生。这些年来，他作为独尊日本棋坛的日本棋院棋士，牵涉到政治的问题上，林国手的处境（譬如像和不和大陆棋士下棋），常常是很为难的。但林国手的表现，超过人们预期要求的标准。林国手是完全不懂政治的，我想他也没有想到情怀，只是不忘本而已。

和讲究竞争的现代西方文化相比，不忘本是传统东方文化的特质。忠、孝、仁、爱、信、义等伦理上推崇的美德，都可以说是从不忘本的基础上发扬出来。林国手口讷讷若不能言，你要他讲些道理，他是一个字也讲不出的，但是与他相交，自然会感到这些气质。金庸先生等都是绝顶聪明的人，也都因此敬重他。金庸常对我说，他在武侠小说中，写了郭靖这样一个拙实的人物，称为侠之大者，十余年来，在实际世界里，并没有碰到过，竟在林海峰的身上，看到他的影子。

林国手以二十三岁得世界之"名人"，迄今二十二年，他的棋力，总会过巅峰的时期，但他做人的典范，却永远历久长在。

这封信信手写来，讲的道理、用的文辞，都超过了小学四年级的程度，为难你了，以后慢慢再完全了解吧！基本上是虚心、专心和不忘本三点，这都是老生常谈的话，但是老生常谈，从经验中累聚而得，也常常是最可受益的。希望你好好体会。

最后，祝你棋力突飞猛进。我也有点私心，师父年岁渐大，敏锐处也不如往昔，但是名气依旧在，名实不太相符的情形下，弈棋常输多而赢少。以你的天分，认真努力，三年之内当可岛内无敌，那时要代师报仇，希望快快加油！

沈君山

一九八六年七月二十八日

后　记：

　　20世纪七八十年代，台湾地区选拔有围棋天赋的儿童到日本学棋，我担任"主考官"——要执黑赢得了我才能赴日，所以现在许多活跃在日本的棋士，都称我为老师。施懿宸是真正拜我为师的，但却没有去海外做职业棋士，后来在交通大学毕业，现继续读研究所，仍还是一流的业余棋士。（二〇〇一年补记）

——原载二〇〇一年九歌版《浮生三记》

二〇〇五年，施懿宸仍列门墙，但已经是业余棋士。

汽油和机油

——给懿宸的第二封信

懿宸：

收到你的圣诞卡很久了，因为正忙着别的事，又想好好给你回封信，就耽搁了。

你怎么说不敢跟人提是我的徒弟呢？其实是恰如其分。师父是业余高手，早年因缘际会，得过几次美国围棋冠军，你今日在业余棋界的"成就"虽声名不如师父当年，那只是因为其他因素，实际上可能已超过我。我在十六年前（一九八六年）写给你的信《莫教浮云遮望眼》，其实是写给所有有志职业棋士的所谓"神童"的，被收入一本中学教科书，也收入我的《浮生三记》。所以，你是我唯一的徒弟，是大家都知道的事。而你没能像张栩那样，在围棋上出名，我是并不觉得遗憾的。

我们一直提倡青少年围棋，最近的狮子杯，有三千六百人参加，据海峰说日本的青少年棋赛，有两三百人参加就算盛况了。有棋界人士担忧，到了高中学棋的人忽然下降，有了断层，因而台湾职业围棋的水平，恐怕很难追上其他地区。

　　对这，我其实并不担忧。台湾的围棋环境，适于把围棋当作教育的一部分，从青少年时起，培养他们的竞技精神和文化修养，在这个基础上，产生适量以教棋为业的职业棋士，至于真正的以奖金收入为主的奖金职业棋士，应该以国际舞台为他们的最终目标。围棋是最没有国界的，以后一定会像网球或高尔夫等一样，成为国际性的竞技。试看，从第一届应氏杯到现在，也不过十多年，国际棋赛增加了多少？所以，我们的目的是培养很多欣赏围棋的棋友，而不是太多只会围棋的职业棋士。我常常讲一个譬喻：每个人来到世间，都要走一条漫长的人生路，现在的社会是一个竞争愈来愈激烈的社会，进入成年，就好像走上高速公路；青少年时期的学习，就像上高速公路之前，到加油站加油，既要加汽油，也要加机油。汽油使你跑得快，机油使你跑得顺。就像所有的体育竞技或表演艺术一样，职业棋士其实是很狭窄的一条路，它也是一个单纯的天地，真有天赋，再加努力，一定会脱颖而出。但若非真有天赋，很容易就被挤到路外面去。经商从学等是较宽广的路，你不必一定跑第一，在前半段达到终点，也可以安身立命了。遗憾的是，路子既宽，上道的车必然就多，挤来挤去，有时不得不学会钩心斗角，成败也常由天命，不是一直往前跑就行。应该选哪条路是决定一生最重要的事，我们这些先行者，就是以量才适性为尺码，预见未来的客观发展，为你们提供建议。十六年前给你写信时，你是准备做职业棋士的，那是将围棋做旅程的汽油用。在零和胜负的世界中，要抢先一步触线，用油必须放尽，点滴计较，一步也不能放松。我曾告诉你，一个人若事事如此，则必不能一事有成，此所谓追二兔不得一兔。但若只专注一业，而其余一概不涉，则就像没有加机油的车，也许可以在某一行优先达到终点，成为胜利者，但就人生的途径看，未必就是一成功者。我自己是把围棋当作人生的机油，最初也许并不是有意如此，而且也许各种机油太多了，所以后来在一九八七年得悉魏重庆先生去世的消息，感怀知己，曾为文祭之，中有一段，"君山触类能通，然兴趣过广，复逸豫自适，才或有余，而未能为能。"这是颇诚实的夫子自道。魏先生是精准制的创始者，也曾在一九六九年（那时我才三十七岁），率领我们夺得世界桥牌亚军，这是中国（包含海峡两岸）迄今最高的名次，也是我个人在所有有意无意去追的"兔子"中唯一接近世界级的一次。很多人替我惋惜，倘若沈君山专追一兔的话，可能如何如何。但是也是天生本性，也是客观条件，师父今年已过七十，这条高速公路也快走完了，回顾来时径，没有什么好后悔，也无法后悔的。告诉你一个小小的私密，清华后山有一个郁郁葱葱、群翠环绕的人工湖，当初建造此湖时，养了几只天鹅，在湖中心用木板做了一个浮筏，上面筑了一个小木屋，我们叫它鹅舍，原是给鹅休息过夜的，现在鹅已经不知第几代了，时有不知名的但总是很美丽的水鸟，也飞来此舍小憩。此湖现名相思湖，早年曾有个美丽的传说，学生将它叫茵梦湖，旁侧俯瞰此湖的小丘叫沈君山，此传说也有几分真实，当年造湖成功后，确真邀约那位叫茵梦的女士来游，匆匆二十余年，她也已经近五十了。现在我有一由我捐助的计划，也已经得到学校的初步同意，就在这小丘上植一树，树前筑一亭，亭名"弈亭"，亭中放置不易腐蚀的木椅若干，当然也有一副围棋，棋盘用清大材料系新发展出来耐久的材料制成，供游人休息。当然也可以下棋，不过真正来下棋的恐怕不多，但那也没有关系。师父百年之后，决定树葬，将骨灰撒在树下，滋养此树，它可以荫蔽游客，也可以代我观弈。那时也许还可以办个什么杯，可要来此亭弈盘棋喔！这就是现在我对围棋的态度。忽然，我的书房也会传出一下啪的响声，家人惊慌赶来，原来我在网络上下棋，下出臭棋，计算机挨了打。王安石弈棋"讳输宁断头，悔悟乃批颊"，现在科技进步，以计算机代自己的面颊，批之也可以出气。年轻时当然是更好胜的，"胜固可喜，败亦欣然"，这种态度不但不容易学，也不必学。传说此语出自苏东坡，无怪乎他一辈子是臭棋——此老曾自说有三事不如人：吃酒、弈棋，还有一样我忘了。我想，业余棋士弈棋最好的态度是"胜则可喜，败亦无伤"。

我的儿子今年十二岁，学了两年棋，棋力大概六七级，拜沈君山儿子之名之赐，狮子杯时出了个小风头，照片在《联合晚报》上了头版，第二天被他学校一位三段的老师找去杀了一盘，局后，恭喜他今年也升了段，而且是六段，原来大龙被断成六条，死了五条，晚上他哭着打电话给我说，出名真不好受，又怕因此被绑架。我告诉他，不是好受不好受的问题，是"出名容易成名难"，没那个实力而出了名，此名肯定维持不下去。今天他好好受了个教训，也是好事。至于绑架，却不用怕。绑架最好的对象，是有钱无名的，被绑了可能只好吃闷亏认命。至于有名无钱的，最安全，因为要不到钱还会惊动政府，全力追办。不久前，"立委"陈学圣被抢就是一例，沈君山是最最有名无钱的，所以儿子安全得很。他才因此安心了。

你为什么会把围棋看成梦魇，带给你沮丧呢？照我算算，你今年应该二十七八岁，围棋当然会追随你一生，应该更丰富你的一生。你问我现在该全心投入课业与研究，还是继续参加一些国际比赛？懿宸，人生是不能十全十美的，既要安身，又要立命。必须要有一"安身"的专业，才能有余裕度一可"立命"的人生。你现在既已选择了念书，也许不是你自己选择，是父母帮你做的决定，这是一条比较宽广的路，不管对或不对，已经做了抉择；而且，我想也是正确的决定，那就好好地走下去，作为安身的基础。有余裕再参与一些可丰富你人生的活动，我很赞成你去日本参加国际学生王座赛等比赛，那会丰富你人生的，比关在家里阅读，收获要大得多。但一定要有正确的态度。不知你看过 *Chariot of Fire*（《火战车》）这部电影没有？那种培养出全心投入但公平竞争的 sports-manship 的态度真美，这就是你现在要证明的。我一直记得你十一岁时，进入应昌期基金会赛场时的情形，挺神气的。但以后的路分开了，职业有职业的态度，业余有业余的态度，一百个所谓神童，最后九十九个会转为凡人，倘若不转为凡人，反而是不成熟了。这个转变是很艰难的。我在病后见你两次，觉得你转变得还挺成功。也使我想起夏衔誉，他也是真有天赋的，假若留在职业棋界，发展不会比张栩差，有些替他可惜。但他毕竟走进更宽广的世界去了。不知你有没有他的近讯？还有你有没有去看看姚阿姨？她当年照顾你俩，虽是奉应先生之命，还是投入了很多心力。去年吴清源老师返台，在寿宴上看见她，有些苍老，你去看看她，或至少打个电话问候，她会很高兴的。祝好！

沈君山

二〇〇三年一月十日

——原载二〇〇三年二月九日《联合报》

驭棋而勿驭于棋

——给懿宸的第三封信

前言:

二〇〇五年春节期间,我收到施懿宸一封贺年的信,报告他过去一年的一些事。说他现在台大读博士班,已经有论文发表,但始终不能忘情围棋,对于当年没有成为职业棋士,一直感觉遗憾。去年暑假台湾棋院招考职业棋士,他也去应试,开始时连胜数盘,成绩很好,但在关键决赛时,因为和一门重头课的考试撞期,未能专注,以些微之差落榜。

这是我回他的函,初写的时候,原只以懿宸一人为对象,开始以后,觉得也可以写给所有喜欢围棋而未能做成职业棋士的年轻棋友,愈写愈长,又夹杂一些围棋故事,已经完全不能算是私人信函了。

懿宸：

你的贺年卡和燕窝都收到了。

我想我应该恭贺你没有被录取做职业棋士，怎么还在摇来晃去呢？当初选了走读书的路，没有继续学棋，那时你年纪还小，当然只是父母的意思，但路已选了，便得继续走下去。人生的途径原不是完全由得自己，但只要是正途，个性不是绝对排斥的，努力专心地耕耘，几分努力便总有几分收获。你现在忽然想转回头去做职业棋士，不要说追不上张栩，便像林至涵他们，或许只有一步之差，这一步却也许是努力一辈子也追不上的。围棋是零和输赢的竞争，做一个在底层打转的职业棋士，很痛苦也没有什么意思。

以你现在的棋力，做个教学的师范棋士已绰绰有余，你又喜欢带小孩，以后开个棋社教棋也是可以的，不过现在不必想这么多，先把学业告一段落再说。

从你十一岁拜师开始，因为那时你是要走职业的路，我便教你"追二兔不得一兔"，这也是我在王立诚、王铭琬他们留学时对他们说的。现在你不做职业棋士了，围棋却已成你生命中重要的一部分，我再送你一句话："驭棋而勿驭于棋。"这是师父的切身的体验。

朋友常笑我教人追二兔不得一兔，自己却追那么多兔子，其实这不尽然，也是有意，也是形势促成。我的一生，安身、立命、怡情分成三块，安身是学术教育，立命是两岸族群，棋桥、文章则是怡情适性。我不知道自己的天性是否适合做学者，但我那个时代，台湾地区在地球上还只属于第三世界，本身也风雨飘摇，留学是年轻人最好的出路，父母便安排我留学，既然留了学，就得读博士，读完博士，要留下来，异国异乡异文化，做专业学者是自然的选择。到了四十岁那年，决定回台，那时台湾的环境，再做天文学术研究既不可能也无意义，决心放弃。当时也是有很大压力的，无论如何，可以说到了四十岁不惑之年，才不再随波逐流，做了一生第一次独立判断自主的选择。从此在清华一耽就是三十年，我后半生追的安身的兔子，其实只有一只，便是教育办学，其他都是外务。今天看来，在那个时代，这些外务，对台湾社会的贡献，可能比正业还大些，但对我自己而言，若专心办学，早早地选择做了清大校长，好好发展清华，以我个人的条件和那时的环境或许也可以像辛志平的新竹省中，高梓的竹师附小，有一个沈君山的清大的。人难知足，今天回首望去，仍不无有些怅然。

此时此刻写此信时，正是春节第一天的清晨，现在春节不兴放炮仗了，除了窗外小溪流水的潺潺声，再没有别的声音。春雨的水珠打在玻璃上，泛起一朵朵雨花，汇集起来成为一条条小渠，再沿着玻璃纹路流下，也许是碰到一个凸起吧，忽然地会转个弯向旁边转出去，再斜斜地，划出一道痕迹，但总都汇集到窗沿，沿着窗沿流下，注入春泥。初初水珠打到窗户上时，并不知道它将来要走怎样的轨迹吧，但无论如何，下一个雨花再流下来，便把上一个水花的痕迹掩盖了。

还是回来说棋，围棋这只兔子，确实迷人得很，王安石称之为木野狐，一点也不错，它帮你消除压力，带来快乐，但凡是真正的棋友必也曾为之废寝忘食，误时误事，贤者难免，我们当然更都有过这样的经验。但有一点必须把持，即主从之分："驭棋而勿驭于棋。"作为业余嗜好，机油便是机油，是人生途径上的润滑剂，不可拿来做汽油烧。凡才智之士，琴棋书画，性之所近，各有所近，亦必有所长，以之怡情遣兴，可以进退自如，但以之为安身立命的基础，必须经营，尤其在今日高度竞争的开放社会，是容不得你犹豫彷徨的。

人生如棋，棋如人生，举两位我们都熟悉的棋人为例，给"驭棋而勿驭于棋"和"经营人生"这两句话做脚注。

驭棋而不驭于棋，林文伯是最好的一个例子。我和他是老棋友，三十年前他在交大做学生时，我是清大的理学院院长，两校一墙之隔，他常应我之约来下棋，下得晚了，校门已关，便翻墙回去，有一次似乎是被教官发现了，惹了点小麻烦，好在当时交大的校长盛庆铼也是棋友，我给他打了个电话，说棋乃雅事，翻墙弈棋，有过亦是雅过，不可深责，盛颇是斯言，乃不了了之。

林大学毕业之后，棋力大进，在台湾成为数一数二的棋士（但与师父下棋，始终分先，输赢亦略当，我怀疑他是感我越墙缓颊之恩，关键时不知不觉地有点手软），他军训回来，参加第一次全台大赛，赢得冠军，获奖金十万元，当时十万元相当教授半年的薪资，林十分得意，每天地往弈园跑，颇有棋钱好赚之意，我对他说，今天台湾并没有职业棋士的环境，你今年赢了十万元，明年有把握再赢十万元吗。他后来绝迹棋社，专心事业，以这十万元为基础，又以棋为媒，在相关科技同行间建立起广泛的人脉，今天他的公司每年有上百亿的生意。事业有成之后，成立海峰文教基金会，反馈围棋，现在偶尔在网上见到他，棋的锐利虽不如昔，但在董事长级中，也还是世界一流的，林是驭棋而不为棋所驭的典范。

至于经营人生，张栩是最好的例子。张父锡远，棋友们昵称张爸爸的，最近写了一系列的文章（以后听说会出书），追述他培养张栩成才的经过，颇值得一读。望子成龙，天下父母都是一样，但亦要看子女的天赋个性。"量才适性"的发展，张栩是一个最成功的特例。但也有更多的所谓"神童"，父母盼好心切，乃至揠苗助长，反把子女压垮了，神童神童，前途维艰，天下父母，诫之诫之！

张栩成名之后，有记者著书说翁明显和我争做他义父。林海峰争收他为徒等等，捕风捉影。他现在是许多青少年的偶像，我把我知道的他的事，在此作为故事说说，你也许早已听过，但再看一遍也无妨。我将来再出文集，给你的信或许也会收入，让不知棋的读者读读也好。

张栩六七岁时，张爸爸带他来应昌期基金会下棋。那时我是基金会的董事长，凡"神童"赴日，大概都要经过我面试一局，赢了才许出去，后来王立诚、王铭琬成名回来，记者锦上添花，说我是他们师父，其实是一步棋也没教过，顶多可算科举时代典试大员房师和门生间的关系。不过，人在深山有远亲，总是好事，我也飘飘然地居之不疑。这些年来，真正想收的徒弟只有三个：夏衔誉、你和张栩。夏衔誉确是不世出的棋才，是应昌期最喜欢最要培养的神童。但因为过去神童去日本学棋，棋虽学好了，却都留下来，成为日本棋士，这使得应昌期耿耿于怀，就要夏做个"本土神童"，给他一切在岛内学棋的机会，也资助他去海外比赛，但却不许他去日本学弈。这在当时台湾的环境，缺少与同龄少年真刀真枪磨炼的机会，对棋力的成长，可能是有妨碍而不现实的。后来夏竟因此辍弈，应为之十分伤心，曾私下对我说："我唯一的希望完了。"这在倔强从不服输的他是极少有的。

且说我想收夏为徒，应先生却反对，他说："沈董事长棋力不怎么样不说，棋品更差，炒豆子（把棋子在棋罐里抓得哗哗响）、拔萝卜（棋子碰到棋盘又拿回去），这些业余棋士不该犯却常犯的毛病他全犯，夏衔誉这块美玉不要让他糟蹋了。"所以我收不成夏为徒。至于收你为徒，应先生却没有说什么，可能是有他的眼光吧。等到张栩来时，应因为夏辍弈的事，十分灰心，也就不怎么管，我授张四子下了两盘，他灵活绵密的棋风，专心致志的样子，令我十分喜欢，直觉地认为将来必成大器，当场就明示暗示地主动要收他为徒，但不知谁给他说了，要拜师就要拜名师，像沈董事长的棋，夏衔誉就不拜他为师。所以，我再怎么暗示，张栩只是腼腼腆腆的，眨着眼睛不说话，我有点窘，但也没有办法。张后来常来基金会学棋，棋力长得很快，人更乖巧沉稳，人人都喜欢他，当然包括我在内，打算收他做徒弟的心思，一直没有断，张栩自己也知道，有一天他忽然跑来问我："你喜不喜欢我？"我当然说："喜欢哟！"他说："那你做我干爹好不好？"这真令我一惊：做师父不够格，做干爹总可以吧，这一招倒没想到，高高兴兴地答应了。那时翁明显要收张栩为义子的事，已安排得差不多，有那多嘴不想成人之美的人，在背后闲言闲语："人家翁董事长已经要收张栩做义子了，沈董事长还要抢人……"我听了马上说："一个干爹可收几个干儿子，一个干儿子为什么不可拜几个干爹？又不是真爸爸！"言之似乎成理，翁董也欣然同意，于是两人一齐做干爹，同日收张栩为义子，宴开三桌仪式隆重，客是翁董请的，干爹却是分别拜，有照片为证。

做了干爹之后，翁董又送金又送银，又要资助他赴日，我一介教授，除了一副云子围棋外，别无他礼。虽然这副云子规格颇高，是陈祖德代表大陆围棋会送的，据说是特级品，当时对外只送了四副。台湾是应老先生一副，我一副，大概是因为推动两岸围棋交流，提升国际围棋文化等有功。我转送给张栩也有宝剑赠志士之意，但总觉不够分量。有一天张栩到基金会来下棋，下完棋来找我，支支吾吾一阵，然后说："董事长你做了我干爹，就不能收我做徒弟了。"我望着他觉得又可爱又可笑，他一直还怕我强收他为徒呢！眯着眼看他一阵，看得他脸色忽青忽白，才哈哈大笑："不收，不收，不收了。"他松了口气，就接着说："那你帮我寻一个好师父，好不好？"我说："好哟，你想拜谁做师父？"他不假思索地答："林海峰啦。"

原来是想拜海峰为师！这也在情理之中，海峰一直是岛内少年棋士的偶像，无论棋力人品，也确当得起棋士模范。对于去日本学棋的台湾少年棋士，他都尽力协助，但他是个非常实在的君子，把收徒视为一种承诺，收了就要认真教，早年认为自己还要在棋坛打拼，分不出时间来照顾小孩，就不肯收，后来他渐入中年也觉得在棋坛站稳脚了，就透露出可以收徒的意愿，但他收徒是认真的，徒弟要住在他家，朝夕相处，不但教下棋，也教做人，这在日本叫"内弟子"，内弟子不在多，能传衣钵就行，像曹薰弦收李昌镐为

一九六八年，途经日本时，我与林海峰对弈。

徒就是一例，至于木谷实一下就收几十个，家里像开幼儿园一样，那是特例，也是日本二次大战后，特殊的环境使然。至于吴清源收徒，是神仙教棋，既不照顾生活也很少下棋，只是讲几句让人似懂非懂、玄之又玄的棋理，那更是独树一帜了。

但林海峰是凡人，是老老实实、认认真真的凡人，虽说有收徒之愿，却犹犹豫豫、挑挑剔剔好几年也没收一个，你差点做他徒弟，当然知道。那时他因为下棋忙，不像现在这样常来台湾，我记得那一次回来，住在福华，介绍拜托他收徒的媒人多得很，我为了干儿子，不得不也去三姑六婆一番。海峰和我是老友，他做人又周到，见到面免不了先东南西北地扯了一通，慢慢地谈到收徒的题目上，我先说夏衔誉，说夏的棋风锐利，是把小剃刀，下下去的话，会是坂田第二。"

海峰叹口气："唉，可惜了。他为什么不下棋了？"

我说："没有办法呀。但还有一个小孩，个性棋风都像吴清源，好好调教，会做吴清源第二也说不定。"

"哦，像吴老师？"海峰整个人都坐直起来，吴老师的地位和坂田又不一样，一般棋士连比都不敢比，在海峰心目中更像神仙一样。他睁大眼瞪着我，沈博士今天是不是吃错药了？

沈博士的棋力不怎么样，嘴力却是可让林国手九子，处变不惊，态度悠然地说："一点不错，你也知道他，就是张栩。"

"哦，张栩……"

张栩，林当然知道，有人给他介绍过，可能也下过棋。

"一九五二年吴清源回来，在中山堂下表演赛，他让你六子，你十一岁吧。"我紧接着说。

"十岁半，输了一目，那时以为他不会收我做徒弟，也去不成日本了。"海峰也接着回答。

已是近半个世纪前的事了，那时我和海峰常下棋，他叫小神童，我叫大神童，师父我也做过神童呢！懿宸，你不知道吧。真是，人生如白驹过隙，转眼就过去了。

回想往事，不过一瞬，我很快转回正题又对海峰说："张栩现在也不过你那时的年纪，你让他六子保证你要输。"海峰也接着回答。

"四子也让不动呀。"

"所以……"

后来，海峰就真的收了张栩做内弟子，这件事促成的人很多，张爸爸的安排当然最关键，上面所述虽添油加醋了一点，但实有其事，这你也知道。张栩去了日本，海峰身教棋教（他不会言教），但和张爸爸张妈妈先讲好，不准去日本看儿子，怕分了他的心，张爸爸张妈妈思子心切，有时就拜托干爹传话，我虽是张栩的干爹，却更是海峰的老友，海峰总不能拒绝老友去看他。我那时常去海外，有时是去日本，有时是去美国，却在东京转机。只要有可能，一个电话就去代代木的林宅，海峰多半有事，可能也懂老友的真意，就由张栩来地铁车站接，再一同慢慢地走回家，所以他的成长，我是看在眼里的。有一次印象最深刻，张栩忽然不要学棋了，消息传来，我颇吃惊，他的父母当然更忧心忡忡，正好我要去美国开会，乃舍直飞的华航不搭，到东京去转机停了一天。张栩的个性沉静，但不软弱，拿定了主意，就不容易改变，他这次要放弃学棋肯定是思考挣扎过很久的，一个少年去异国他乡孤身生活的调适是一个问题，围棋的撞墙必是更大的原因。纯心智的修炼，学问也好，技艺也好，到一个阶段，就会遇到一个高原，再怎样就是上不去。这时，愈是天赋高愈是自我要求强，就愈是痛苦。围棋是最纯的心智竞技，更上层楼，靠知识的少，靠境界的多，业精于勤，勤能补拙，这时却似乎愈补愈拙，"衣带渐宽终不悔，为伊消得人憔悴"，伊人却是愈去愈远，"蓦然回首，那人却在灯火阑珊处"。灯火处处阑珊，那人却总是扑朔迷离。

这种痛苦，只有过来人才能体会，虽不是围棋，我年轻时也曾经历，坐在去代代木的地铁上，那经历的回忆还阵阵袭来。到站时张栩已在，清秀的身影显得十分孤单，我们一起慢慢地走回去，在路上我讲了个爱因斯坦的故事，爱因斯坦也喜欢围棋，但不会下，岩本薰送给他一个棋盘，他放在办公室，据说常常望着空棋盘凝思，现在这办公室已换了好几个主人，棋盘却还在。

当年爱因斯坦建构广义相对论，在迷宫里摸索了八年，终差最后一步，有时以为解决了，转出去了，忽然迎面又来一道墙，空欢喜一场。八年后碰见了大数学家希尔伯特，一朝相谈，豁然开朗，十天内两人都把最后的方程式写出来了，所以后世史家常说爱因斯坦给了广义相对论物理的灵魂，数学躯壳的最后一划却是希尔伯特的。我讲了这个故事，在林宅住了一夕，第二天就走了，后来，张爸爸张妈妈也去了东京慰藉儿子（海峰还是通人情的），再后来，张栩就一帆风顺了。

张栩成名之后，有一段时期，因为兵役问题，不能回岛，此问题解决后他才回来，已是弱冠的青年了，爸爸妈妈带了他一起到新竹来看我，说是还要请干爹指教。他坐在沙发上还是有点腼腼腆腆的，但微笑中却充满了自信。

现在干爹还能指教什么呢？不得追二兔的道理他早已身体力行了。望着如此俊秀出众的义子，知道他执着专情的个性，想起不久前听说的他的一些感情风波，赶快结婚安定下来，或许是唯一的当务之急吧。于是以"成功的男人后面必定有一个伟大的女人"这句老话开头，给他讲了个故事。

一个是关于林老师和林师母的。话说当年林海峰二十三岁成了名人，成为"国宝级"青年，人家给他介绍女友，他却说不升九段不结婚。等到升了九段，婚姻大事就成岛内大事，不但父执辈热心，蒋夫人也关切，听说曾把海峰的姑丈，当时的"总统府"侍卫长吴嵩庆将军找去，要他负责此事切实办好。一时东京台北之间，相亲之士络绎于途，相来相去，大阪城的王海弟小姐，名门闺秀，才貌出众，是不二人选，叔叔伯伯们看中了，还把太上老君请出来，去给吴清源老师说了，吴老师正在打谱，当即把海峰找来晓以

"关关雎鸠，君子好逑"之义，又把一颗棋子啪的一声，打在关键处，说道："捷足先登，要点先占，人生大事，不可缓着，化优势为胜势，维持局面简明，最为重要！"海峰本就心仪伊人，吴老师这么当头一喝，更如醍醐灌顶，马上积极落子，以后人生棋局，就一直维持简明胜势了。

张栩一直静静地听着，这时抿着嘴笑了一下。我当然知道张栩正在追求泉美，但迷张栩的少女更不少。

以后的发展大家都知道，化优势为胜势，他一步也不放松。张栩喜欢诘棋，也善于创制诘棋，给小林泉美的情书，往往用诘棋制成。譬如去年泉美生日，张栩用手机简讯传达情意，就排了两则诘棋，第一则诘棋中的白棋，排成水字，第二则中则排成大大的羊，原来白水为泉，羊大为美，两道诘棋隐含了伊人的芳名。这真是一步绝招，师父太师父还有两位干爹不但没有教他，恐怕连想也没有想到过，只有赞叹佩服的份儿了。前几天我还收到一张从东京寄来的用诘棋制成的贺年卡，下面签着"张栩"，张姓之后栩名之下，紧紧跟着小小的泉美两字，这人生最重要的一盘棋，张栩真是弈了完胜之局。

张栩的故事写了这么多，有点喧宾夺主了。还是回过头来把信写完。张栩选择了专业棋士这条路，因为他自己的天赋努力，也因为父母很早就苦心经营，才有今天的成就。这条路你不可能再走，但他们创造机遇，把握机遇、扩大机遇的态度，还是可以作为你"经营人生"借镜。至于"驭棋而勿驭于棋"，应多想想林文伯的例子，具体地说，你在学业告一段落前，弃棋应予节制。我两年前给你的信，说你可以尽量参加海外比赛，行万里路胜读万卷书也。这句话现在我要收回，我劝你在学业告一段落前，不再参加代表台湾地区或其他海外的棋赛。我也对秦世敏说了，要棋协尽量不来找你。行万里路胜读万卷书，这句话是不错，但人生途径，总得有一过程，有一打算。我说学业告一段落，并不是一定要得博士。你若喜欢教学研究，又能淡泊自安，那就要读完博士，在学术界方可起步。若要打工创业，那早早开始也好，你秉性忠厚通达事理，又有棋为媒，人际关系应该不成问题，但要在企业界成功，或者要更积极进取些。这方面，师父教不了你，多问问在行的，再逐步摸索着学习，很快就会领悟。

这封信里许多地方用了"经营"此词，经营这经营那的，似乎商侩之气很重，师父一辈子没赚过大钱，对于能赚大钱创造社会财富的人一向敬重，但此处经营两字不是那个意思。

在我家中客厅，挂着三幅字，一幅是吴清源先生的"亲仁善邻"，一幅是吴大猷先生的"清不绝俗，贞不忤物"，一幅是胡适之先生的"从今后要怎么收获，先怎么栽"。吴清源先生一生与宗教有缘，写这幅字时已自棋坛退休，而我当时正在政府任职，他或者以为我真是有权势的大官，写亲仁善邻有其特别用意，但下棋肯定不能如此，你现在也不必学。吴大猷先生的几个字是要来的。大猷老师晚年喜欢写字自娱，有时写完了就丢给我，还特别说明，"这是随便写写的，你要就给你。"意下认真写的，就不给我了。有一天，难得为吴老师办了件他还满意的事，趁着高兴，我说"你给我一幅不随便写写的字吧"。他问我要写什么，我写下"清不绝俗贞不忤物"八个字，老先生翻着眼睛看了我一阵，终于照写，还落了上款，我赶紧裱起来，生怕他想想不合适，说不定又会要回去。至于胡适之先生这幅字，有半个世纪历史了。"要怎么收获，先怎么栽"他常写，"从今后"这顶帽子却不常加。那时我还是一个二十刚出头的大学生。后来我留学了，父亲便帮我收着，十七年以后回来，才又捡出来给我，最初挂在办公室，退休以后才挂在家中客厅，现在常常看它，愈看愈觉那"栽"字包含了多方面的意思。在古代单纯的农业社会看天吃饭，崇尚不争，只要一锄一锄地犁下去，便有一锄一锄的收获。现在竞争的工商社会，只是一锄一锄地埋头耕耘就不够了，要出人头地，便要及早规划，布局人生，然后以定石配合布局，此即"经营"之意，但在后科技时代，人定可以胜天，如何从与天争与人争与自己争再回归到与天和与人和又与自己和，那是另一番境界，另一种经营，另一个人生必须面对的挑战，不过现在你还不需要去想它，只是要循既定布局，步步为营也要步步争先，不再蹉跎，更不能再三心二意了。

懿宸，看一幅名家的字，就像摆一局名人的棋，横看成岭侧成峰，不同的年龄不同的心情便有不同的领悟。在我台北的办公室，还挂着一幅何怀硕先生的字："庐山烟雨浙江潮。"此句取自苏东坡的名诗"庐山烟雨浙江潮，未到千般恨不消，及至到来无一物，庐山烟雨浙江潮"。此诗意境在禅道之间，是东方文化结晶的极品，但在今天看来似乎稍嫌消极，师父斗胆，将之与西方的西西弗斯推巨石上山和牛顿海边捡石子这两个典故结合起来，把此名诗的末句改为"起脚再寻浙江潮"，写成一个故事收在《浮生三记》中，为何兄所知，写了这么一个条幅加上说明送我，我十分喜欢，拿来挂在办公室中最显眼之处，我有个自得却绝不可学的毛病，对于喜欢的古人诗词名句，有时觉得其意不合，便改它两字，使之意境全变，但因功力不足，往往改得似通非通，为行家所笑，像这幅字，何兄写得龙飞凤舞，是他主动拿来送我，却被一位常居海外的行家老友到办公室来看见，评为"佛头着粪"摇摇头而去。但"梵志翻着袜，人皆道是错，乍可刺你眼，不可隐我脚"。此原是自娱，像摆吴清源的谱，尤其布局之际，改一两手亦无不可，不过也许不要发表罢了。

这封信总要写完，就此打住！祝新年好！

沈君山

二〇〇五年二月春节期间

附　录

两极对话

——和三毛的对话

我这一生，因为机缘凑巧，与各行各业的人士有各式各样的对话，这些对话，有的是由媒体促成，因此留下记录，现在再由九歌的编者从报章杂志旧档案中找出与田长霖、三毛的对话，就是如此而来。

一九八〇年前后，警察广播电台，有一个由凌晨主持收听率极高的节目《平安夜》，主持人和三毛与我都是朋友，有一次邀请我们上她的节目，先在空中播出，《中国时报》的"人间副刊"再根据录音，写成文字刊出，这就是本文的由来。

对于对话访谈，大多数时候我都要求看过再刊出，有的记者写得粗疏，不但改得面目全非，而且抬杠评语一大堆，有时还根本没没有刊出。唯有这篇对话，看后改动极少，且自己送去报社，在编辑室的大统舱厢房里，当着众多记者和主编高信疆说："这个小记者写得不错，可以可以……"众多记者（包括那位躲在一隅的小记者）对沈公子（当时他们都如此称我）率真中带些狂妄的放言早习以为常，只是窃窃地私笑。沧海桑田，转瞬流光十八年，红颜化尘土，青鬓成白发，今天三毛早成回忆，小记者——张大春——已是大作家，而沈公子也升格为沈公甚至沈公公了。

因为这次对话，我和三毛互相认识，渐渐地从泛泛之交成为知己朋友，后来在许多公私场合，她以天生淳厚的泛爱同情之心，帮了我很多忙，助我渡过难关。今日重读此文，如见故友，虽已过十八年了，许多见解今昔当然不同，但还是一字不改地与另一篇追忆之文一起录载于此，既念逝友亦思华年也。

话题一　飞碟与星象

"我不能说飞碟一定存在，但是我确实看见过'不明飞行物体'……"

——三　毛

"您的经验，没有可信的证据。飞碟只是星光下一个美丽的故事吧？"

——沈君山

飞碟？在这样的一个名词下面，势必要加上一个问号吧？三毛和沈君山的争论，大概也就在于这个问号的位置该如何安置了。

"我不能说飞碟一定存在，但是我确实看见过'不明飞行物体'。"三毛这样说，"我看见过两次，一次是六年前，一次是五年前，在撒哈拉沙漠里。"

"那是一个黄昏，大约六点钟左右。当时我正在一个叫维亚西奈诺的小镇上和荷西度蜜月。那个不明物体'来'的时候，我们并没有发觉，它来得无声无息。可是全镇停电了，只好点上蜡烛。我们一直在屋里枯坐到七八点钟，想到该出去走走，又发觉汽车发动不了。这个时候，我才抬头看见天上有一个悬浮的球体（不像一般人所说的碟形），而是个圆球状的透明体，颜色介于白色和灰色之间。我们也看不清里面是什么，它很大，静静地悬在大约二十层楼高的地方。我想那不会是气球，因为沙漠里的风势不小，气球没法儿静静地悬着，但是我们并不怎么害怕，全镇的人都围着它看了四十五分钟。我看得几乎不耐烦了，便对荷西说：'还是不要看了，我们走吧！'走了几步，我回头再看它一眼，它突然做一个直角式的飞行，一转，就不见了。速度很快，但是没有声音。

"它离开之后，电也来了，汽车也可以发动了。当然我们并不觉得它有什么可怕。这是我亲眼看到的一幕事实。"

我很专心地听完三毛的叙述，笑着说："我不怀疑三毛小姐所看见的现象。但是，'眼见为实'这句话并不绝对正确，有许多反证的。我想可以把这段经历'存疑'吧。人们对于各种灵异的现象都可能有不同的看法，飞碟事件也一样，科学究竟不能'解决'所有的问题。但是在科学的范围之内，仍然有是非真假的判断区别。如果在几年以前，我愿意承认：飞碟问题是在科学能够完全解决的范围之外，但是近年来由于观测证据的出现，多少已经否认了这个现象。四年半以前，我和你有过这方面的争执；四年半之后，我更加坚定我的想法。"

"我第一个想说的是：很可能你看到的是海市蜃楼。"

"咦！"三毛喊了一声。

"在沙漠里，在沙漠里，"我重复了两次，"也许你会看见天上有座城市，里面还有卖东西的，结果那是光线折射所导致的错觉。我想重要的是——我们还可以从另外一方面来判断这个问题——如果有直接的证据，比如说你抓住了一只飞碟，摆在现场，那么无论如何我们要接受这个事实。在科学的眼光之下，事实最重要，理论只是提供事实的解释，如果没有直接的证据，只是间接以'目击'为凭，也许并不可靠。"

"目前各方面对于飞碟的报告资料，包括刚才您以文学家的语气所叙述的动人经历——都没有'实证'的根据。我们也就只有间接地判断：是不是有可能？是不是有反证？"三毛点点头，算是同意了。

"我想从理论和实际观察两方面来看，"我继续谈论下去，"在天文学上，太阳系的九大行星之中已经没有生命了，这是一个不争的事实。然而于此之外，在偌大的宇宙间，还有许多和太阳系相似的系统，我们无法否认：那里可能有高等的生命。如果'它们'要通过太空，到达此间，要接受许多的挑战和阻碍。至少就飞行物体本身而言，它不会像许多报告上所显示的那样简单——像个碟子什么的——当然，这只是理论上的检讨。

"就事实而言，近年来由于美俄两国的竞争，双方都设有太空监听站、人造卫星等灵敏的观测机构。其灵敏度绝对比人的眼睛——甚至三毛小姐这样的眼睛——要来得高。如果真的发生'不明'的迹象，一定会有报告，但是关于近年来人们所传播的消息，这些灵敏的仪器却并没有任何记录。

"这几年来，欧美各国无论政府还是民间都花费了大量经费做飞碟的调查报告。其中大多数都可以解释。前面所说的'海市蜃楼'就是一种可能。还有人做过实验，'制造'出飞碟来。在密歇根湖边的一个小村庄上，常有人看见飞碟。后来调查的人发现：原来是当车子开过附近的公路时，灯光照上湖水，折射到天空中的一种幻影。所以有一天黄昏，调查者就告诉全村的人：飞碟要来了。一辆卡车从对面开过，全村人便'看见'一个飞碟降落了。

"我的看法是：您的经验并没有可靠的证据，而我们可以从理论做仔细的观测上找到更确切的反证。"我稍稍停顿了一下，"当然，飞碟是星光下一个美丽的故事吧！"

"我同意您部分的说法。"三毛立刻接着说，"但是我看到了，却无法解释——关于停电或车子发动不起来等——而且不止一次，是两次。"

"在我的一生里，我遭遇到很多很多科学无法解释的事，第六感并非答案。而我始终认为，到今天为止，人类的科学知识还是很有限的。在另外世界里，即使不扩大到太空、宇宙，也可能就在我们所处身的环境之中，存在着一个我们无法去实证的世界呢。"

灵异以及奇幻种种，是否皆属未知呢？天文以及人事种种，又有多少结合的可能呢？长久以来，人们对于人和自然之间难以言喻的契合或呼应，往往显示了广泛的兴趣，并加以探讨。从星象、命运、占卜的历史中，我们看到了复杂而巧妙的推理，成为大多数人时常关切的话题。于是话题便像飞碟一样地凌空而降，从天文的玄宫中坠落到人和命运的迷径之上。三毛和我对于星象之学，也抱持着不同的观点。我补充说："我倒不排斥所谓灵异世界之说。到底科学也只能解释那些可以观测得到的事物。至于星象之学的确也提供了人们茶余饭后的一些消遣，我不敢煞风景地反对。不过，站在天文学的立场看，我们会知道，星球在天空运行，有一定的轨道和规律、一定的力学原理。而人的生辰呢，到了今天，连医生都可以决定。婴儿可以提前或者延后出生，这又和命运有什么关系呢？现在有很多人喜欢研究自己所属的星座，看看星座、想想未来。要发财啦、爱情有问题啦……这些都是很有趣的。"我语锋忽然一转，镜片后的目光是一声"但是"："这不能和科学混为一谈。我们还是可以用欣赏的眼光把星座当成故事来谈，但是把天象和命运放在一块儿，是很困难的。虽然这并不是说有星象兴趣的人没有知识，我们确实可以把科学和兴趣分开来，那样也很有意思，至于用诗意的眼光看科学，那就不妙了。"

三毛点头复摇头，一头长发清淡齐整，兼有诗意与科学的样子："紫微斗数、西洋星象这些东西，都已经流传了几千年。"

"我的看法是：与其视之为迷信，毋宁以为那是统计。或许不值得尽信，然而我也发觉，往往同一个星座的人的个性，有着某种程度的类似。它有很多实际的例子为佐证。星象并不宜用迷信去批判，也无法用科学去诠释。就像血型一样，在某些方面可以征信。至少在我自己身上，应验了很多事情。我不能评论什么，但是很感兴趣。"

我冷静地强调作为一个欣赏者的兴趣，是否也暗示着欣赏者的"信实"精神总难超越于欣赏以外呢？但是当被问及"如果有人能依据你的八字，正确地推算出你的命运，那么，是不是会使你相信呢？"我笑着说："哎呀，我忘了自己的八字啊！——也许我能够承认看相、看气色，甚至看风水，等等。但是如果说一个人的生辰八字能够推算出他的个性、命运、事业……我是觉得非常——"

"不不，我的看法是：八字和个性有关。因为一个人命运的悲剧，恐怕也就是他个性的悲剧。"

"呃，我想，"我沉吟了一下，"三毛小姐是感性而直觉的；我则是理性而分析的。我想个人还是能够欣赏您所说的很多事物，只要那份直觉不和用分析所获得的结果相冲突矛盾，我虽然不完全相信，至少还可以容忍。"

三毛大声笑了起来。我继续说道："但是您所说的，如果和我们已有的知识、已证实的试验不符合，我就不免要顶嘴了。有人真算对了我的命，我会很佩服的。但是，科学精神很重要的一点是——不能因为结果凑合了，就去相信。我们还必须知道那个推理和实验的方法、过程。过程怕要比结果来得更重要。而且，也许会得罪一些算命先生，先抱歉了，我们不能忘记，愈是精于命相之术的，愈善于察言观色 "

"如果不面对面呢？"三毛追问下去。

"好的，以后有机会试一试。"

话题二　爱情与婚姻

> "爱情就如在银行里存一笔钱，能欣赏对方的优点，这是补充收入；容忍缺点，这是节制支出。"
>
> ——沈君山

> "爱情有若佛家的禅：不可说，不可说，一说就是错。"
>
> ——三　毛

命运果真为何事呢？生死之间的一切纵横起伏，莫非此物。是人去选择？还是人被选择了呢？我和三毛的人生选择又显示出迥然的趣味。接着，我们选择了下面这个话题——爱情与婚姻。这样的事真难有结论——归诸命运，还是信心？

"对于婚姻，我还是有信心的。"三毛闪一闪她的眼睛，"虽然我的婚姻关系已经结束了，而且是被迫结束的。可是我认为爱情有若佛家的禅，不可说，不可说，一说就是错。婚姻和爱情的模式在世界有千万种，我的看法，女人是一架钢琴，遇到一位名家来弹，奏出来的是一支名曲。如果是一个普通人来弹，也许会奏出一条流行曲，要是碰上了不会弹琴的人，恐怕就不成歌了。婚姻的比喻大致如此，我无法清楚地归类，但是我有信心。

"另一方面，我是一个新女性，又不是一般所标榜的'新女性'，新女性也许会认为婚姻是'两'架钢琴的合奏吧？"

"您的看法和比喻还是相当感性而富有诗意的。"我缓缓地说着，扶一扶眼镜，"如果从一个一般的观点来看，我想爱情的婚姻应该是以感性开花、以理性结果的。这就好像银行存款一样，爱情就是在银行里存上一笔钱。然而当两个人共同生活的时候，事情往往是很庸俗的。除了美之外，还有日常生活的许多摩擦，摩擦就是存款的支出。如果没有继续不断的收入，存款总会用完的。如果在婚姻关系里，夫妻都能够容忍对方的缺点、欣赏其优点。欣赏优点就是补充收入，容忍缺点也就是节制支出。"

"我想也可以这么说，婚姻总是一个bondage——""bondage？你是说'枷锁'？"三毛惊笑起来。

"好，不说枷锁，说责任好了。——婚姻这个形式有时是外加而来的。往往由于对家庭的责任或个人的名誉等原因，人们愿意投身其间而且不跳出来。中国古代的女人一辈子嫁鸡随鸡、嫁狗随狗，也多出于一个外在的约束，而不是自觉自发的。在这样的传统之下，婚姻也许比较稳固，人也不会意识到这个约束有什么痛苦，因为在承诺之初已经赋予婚姻一个强烈的价值观念——女人属于丈夫。夫妻的关系很不平等，家庭也只是一个'职命'。而今天的女性，逐渐拥有自己的使命、自己的兴趣，不愿意听命于外来的束缚。尤其是愈出色的男性和愈出色的女性在一起，必须从对方身上找到一个他人所不能取代的吸引力。这点内在的联结是非常重要的。我想举一个例子，也就是现代许多新男性、新女性的祖师爷——已经在日前去世的法国存在主义哲学家沙特和波伏娃的故事。

"萨特和波伏娃的关系是绝对开放的。他们可以各自去结交各种朋友。但是他们在知识上的沟通与智慧的吸引，则没有人能够介入或取代，他们对智慧层次的要求如此强烈，所以能够维持一个稳定的结合。婚姻的形式本身已经没有意义了。当然，这是一个特殊的例子。

"这就是我强调，'理性的结果'的缘故。婚姻究竟不是一件出入自如的事。感情方面，多少需要一些节制——啊，三毛已经在摇头了。"

"我开始的时候同意您的意见——以感情为主——但是，我分析自己的感情，这份付出一定是有代价。这时在潜意识中感情已经包括了深刻的理智。我不太同意将感情和理智做一个二分。以女孩子来说，把感情分析开，剩下理智——"三毛停了停接着说，"那么我的解释是，那对理智是在检视对方的'条件'。它可能是个性是否相合？人品如何？是否门当户对？可是在我的感情之中，已经包含了这些，而后我自然地付出。

"以我的经验来说，婚姻并不是枷锁！爱本身是一种能力。像我们的母亲爱我们，她并不自觉是在尽一份责任。而我呢，是一个比较老派的新女性，我不太同意离婚。小小的摩擦如果以离婚做后盾的话，往往造成更大的破坏。结婚时的承诺应该是感情，也是理智的。结婚是一纸生命的合约，签下了，就要守信用。小小的摩擦，应该视而不见！拿我自己来说，六年前我结婚的时候，曾经对自己说过：'我做了这个选择，就要做全部的付出，而且没有退路，我不退！'一旦想到没有退路，我就只有一个观念，把它做得最好。也许我的婚姻环境和台北不一样吧。这里的一切，我想可以称之为红尘，许多引诱、许多烦恼。过去，我也是红尘里的一份子，后来自己净化了一阵，去适应我的丈夫——荷西。我发觉净化后就没有来台北后所听到的烦恼。虽然我所举的是一些外来的因素，但是我仍然相信'境由心造'。"

我紧接着点头，紧接着说："是的。您这种'没有退路'的态度是颇有古风的。但是我想你刚才提到的环境，问题也会很重要。态度是一回事，环境又是一回事。往往人们会感应到红尘里的诱惑，前面提到的萨特和波伏娃的关系，也是一例，只是他们的红尘是文化的红尘，芝加哥的美国文化红尘，把他们的枷锁冲淡了；那么，男女双方必须要加强彼此的和谐，调剂相互的感应。刚才您提到条件，我想也是必要的。我把它分成理性的、感性的、体性的三种。所谓理性，双方对知识、艺术或者文学，能否建立起一种沟通，这是夫妻互相'净化'的一个关键，柴米油盐之外，双方要有

214

这种知性的交往。感性的问题：双方都能够互相付出，愿意互相接受，这也有天赋的不同，有的人能付出得多，有些人则付出得少，如果有一个人能付出、能接纳，而对方比较理智，或比较冷淡，那么——"

"那么我不去爱他！"三毛接道。

"的确，这是条件的一部分。体性的方面的吸引力，我认为也很重要。每个人对于这三者都有不同的要求和禀赋，所以人们会侧重、会选择。只要双方能互相牵合，发自内心，便成就了好姻缘。我想我们两个人的看法没有什么不同，大概只是着重点不一致罢了。"

"对，"三毛恢复了低沉柔缓的语气，"我是采取自然主义的方式，很少对自己做比较明确的分析。因为人哪，分析得太清楚就没什么意思了。"

"对，思想太多的人行动就迟缓，也是这个道理。至少从今天的这个对话里，我们会发现，不能勉强每个人，甚至自己对爱情或婚姻去抱持什么态度。我们要知道自己是什么、有什么天赋的个性，再去寻找，这是自然！"

话题三　欣赏的异性

"我欣赏的男性素质中，智慧应该占第一位。可是在另外几方面我的要求绝对严格——那就是道德和勇气。"

——三　毛

"我倒不一定强调本行的学习经验，但是我觉得广泛的了解和欣赏是必需的。美丽的女性能最快吸引我，但聪明的女性对我有较持久的吸引力。"

——沈君山

自然而然，我们开始提到各人所欣赏的异性，这里的争论就比较少了，不甚关乎婚姻、爱情的严肃问题，我侃侃而谈，表示对所接触过几位杰出女性的钦佩和欣赏。"在我所提及的智性、感性和体性三者当中，我个人以为智性的沟通是比较重要的一点。也许是我的兴趣比较广泛。我倒不一定强调本行的学习经验，但是我觉得广泛的了解和欣赏是必需的。聪明的女性总对我有较持久的吸引力。"

"问我欣赏什么样的男性。或许我能够罗列出很多条件，也几乎和沈先生所说的一致。我看过一些外在条件不错的男孩子，但是他们不能开口，一开口就令人失望了。所以我欣赏的男性素质中，智慧应该占第一位。可是在另一个几方面我的要求绝对严格——那就是道德和勇气。我也曾经遇到过很多优秀的男孩，他们却有一个缺点：对于幸福的追求，没有勇气一试。对于当仁不让、唾手可得的幸福，如果不敢放手一试，往往是一个完美主义者，我并不欣赏；我倒欣赏那种能放开一切，试着追求一些什么的人。即使不成功，也不至于空白！

"至于彼此的吸引力，这是条件以外的事。我遇见过许多朋友，他们'什么都对了'就像电脑里出来的人物，然而一相处，就又什么都不对了。有的人从小就对自己说要找个如何如何的丈夫。于是来了这样的一个人，然后你又不要了。又有一天，出现了另一个人，然后你会说就是他——'那人却在灯火阑珊处'！我不相信一见钟情，但是就某种程度上看，感情并不只是'培养'即成的吧！换句话说，我的欣赏和选择条件，也许正是无条件呢！"

"我完全同意你的看法。"我抬掌比了一个出牌的手势，"但是还有一点补充。或许我想应该先把欣赏和婚姻视作两件事。而您提到了智慧的沟通问题，这是维持双方关系的重要环节。对我来说，一个女子最大的魅力还是她的人格或个性，而不只是道德。"我扬眉一笑，"当然，美貌仍是重要的，也是调和两性情绪的缓冲剂。"

"那么您所谓的美貌是外在的？形体的？"

"在两性初见时，美貌是最直接而唯一的吸引力，且会持续下降。但是我相信沈三白所强调的那个'韵'字。人的年纪愈长，恐怕也就对这个'韵味'愈加讲究了。"三毛一手支颐，浅皱蛾眉，"我的解释，外在美是内在美的镜子，那不只是五官的匀称而已，我不愿意把内在外在分析得那么仔细。在我的选择里，它们是一体的。"

我接下去说道："这吸引力并非指灵魂如何。我所说的美，包括从男性来看女性的美。我把它归类为内在人格与外在相结合的美。"

话题逐渐从智性达到感性的高潮，在文学成就上，三毛小姐迷离动人的作品吸引了许多读者，我以科学家的笔触形成独特的风格。不同的出发点，造就了作品中相异的风格。此时，我们开始讨论作品的风格问题。

话题四 写作观

"我写作有三原则：信、达、趣。'信'是讲真话，'达'是文字要清晰，还有就是要有'趣味'，让读者读得下去。"

——沈君山

"我的文章是身教，不是言教。印度诗哲泰戈尔有句散文诗：'天空没有翅膀的痕迹，而我已飞过。'这是对我最好的解释。"

——三　毛

三毛说："我常看沈先生的文章。（沈君山笑着：谢谢！谢谢！）我比较喜欢看跟自己风格不同的作品，记得沈先生曾提过宇宙黑洞的话题。当然，沈先生的文章不仅止于文学方面，我想我不能做评论……"

我说："我想大家都很希望您谈谈自己写作的情形。您的作品拥有广大的读者群。啊，我想起最近那篇《背影》，相当感人。"

三毛略一沉思，然后说："我吗？我写的就是我。我认为作家有两种，一种是完全凭想象的，譬如写武侠小说的金庸先生，我非常钦佩他。我通常没有多余的时间看武侠小说，但金庸的作品每一部都看。在创作上，他和我是完全不同的。他写的东西都是无中生有，却又非常真实动人，形式上是武侠小说。

"我曾对金庸先生说，你岂止是写武侠小说呢！你写的包含了人类最头疼的，古往今来最不能解决的，使人类可以上天堂也可以入地狱的一个字，也就是'情'字。我跟金庸先生的作品虽然不同，就这点来说，本质是一样的，就是写一个'情'字。中国人不太讲这个字，因为讲起来总觉得有点露骨吧！

"我是一个'我执'比较重的写作者，要我不写自己而去写别人的话，没有办法。我的五本书中，没有一篇文章是第三人称的。有一次我试着写第三人称的文章，我就想：我不是'他'，怎么知道'他'在想什么？所以我又回过头来，还是写'我'。

"至于要分析我自己文章的内容，是如何酝酿出来的，我想我不能……"

我立刻接着说："就是您写文章前的一段经历，是不是一个意念要酝酿很久才写得出来呢？"

三毛似乎透露了梦里的消息："有一个故事已经埋藏了九年还没有写出来，但它总是跑不掉，常常会回来麻烦我。这是一部长篇故事，我想可能到死都不会完成，可是它一直在我心里酝酿，就是不能动笔。我希望有一天，觉得时间到了，坐下来，它就出来了。所以说，写作的技巧不是很重要，你的心才是重要的，对我来说灵感是不太存在的。

"看起来我的作品相当感性，事实上它是很理智的。如果我过分有感触的时候，甚至自己对自己有点害怕。像这半年来，我只发表一篇较长的文章——《背影》。

"在几个月前，报社的朋友常常跟我说，这是你最适合写作的时候，我总是跟他们说，你们还是等，因为我在等待一件事情，就是沉淀。我也的确把自己沉淀了下来，才发表了《背影》。"

《背影》好像也被选入《读者文摘》中文版。什么时候可以推出，是大家关心的问题。于是三毛就这一点加以说明：《背影》虽然入选，刊出日期未定，因为他们要做很多的考证，很重视真实性。

"我的看法呢，艺术到了极致的时候，到底是真的或假的，根本就不重要了。但是《读者文摘》要对它的读者负责，认为刊登的作品必须是真实的。

"《每月书摘》把我的作品翻译成十五国的语言，不过，我并不很看重它被翻译成几国的文字，因为我看得懂的也很少。我认为作家写作，在作品完成的同时，他的任务也完成了。至于尔后如何，那是读者的再创造。

"最近回台北来，碰到一个困扰我的问题——就是参加座谈会时，很多人对我说：'你和我想象中的并不相同。'我觉得这也很好，于是跟他们说：'不必与想象中的我相同，因为你看我文章的时候，已经是你个人的再创造了。就像这么多人看《红楼梦》，每一个人看出来的林黛玉都是不同的。'这是更有趣的事——再创造。所以每一个有水平的读者，他自己也创造了一个新的人物。你同意我的说法吗？"

我这时说道："我不晓得您对金庸的小说也很有兴趣，在这方面我有一点补充意见。

"金庸先生后期的小说里面有太多的信息。我比较喜欢他早期的作品，像《碧血剑》《书剑恩仇录》，现在有修订本《书剑江山》，不过我个人认为修订本未必比原来的好。原本一开始描写陆菲青骑着驴在官道上，吟诗而行，既苍凉又豪迈，那意境我读过了二十年还记得，可惜现在被删了。金庸早期的作品描述的是更广泛的人类与生俱来的情。后期的小说，技术虽然进步，可是他把政治上的意念摆了进去，反而有局限了。

"像你所写的都是人的本性、感觉等等，每个人都具有的。可是金庸如果把太多的信息投入其中，有时可以传达得很成功，有时会把武侠小说本身的价值贬低了。"

三毛接着说："所以我认为文学是一种再创造。同样的金庸先生，你我之间的看法有那样大的不同。"

我立刻接道："刚才谈你的写作，我就想起两句话，无可奈何花落去，似曾相识燕归来。这是文学的一个高境界，人一生有许多矛盾和冲突，这种无可奈何的情境就是文学最好的题材，从希腊悲剧以来最好的文学，都是如此——人与环境的冲突、人与人的冲突、人与自己的冲突，没有绝对的喜恶，但却得牺牲，这是人生最大的悲剧，好的文学就要把这种悲剧表达出来，这就是无可奈何花落去的意境。似曾相识燕归来，就是有共鸣感，如果只是不相识的燕子，就不会有这种味道，似曾相识的燕子，才会更有无可奈何的感觉。

"最近看的电影，如《现代启示录》《克莱默夫妇》，觉得后一部电影更好，就是因为后者能引起更大的共鸣感。虽然《现代启示录》更具'信息'的使命。

"因为您写的是基本的人性，每一个人都有似曾相识的感觉，而且所写的又是很无可奈何的事情。这是我对您作品所补充的两句话。还有，我觉得白先勇的《台北人》很具有这两句诗的味道。"

三毛解释："我过去的文章里无可奈何的情绪比较少，现在比较不同，所以一种对于生命无可奈何的妥协比较多。看《背影》这篇文章的时候，我发觉自己不一样了，是由于生活的痕迹所致，也有点悲凉。我多么愿意做过去的我，而不愿做现在的我。但是没有办法，也不愿加以掩饰（声音渐微弱）。"

我用慰藉的口气，"这是给人的一种冲击。您觉得——"

三毛声音低沉若寂："比较苍凉一点吧，现在……"三毛诉说完她的柔韧而又刚强的文学旅程，声音渐杳，此时无声胜有声。我接下去说道："我偶尔也写点散文，但不像您的文章那样脍炙人口。目前主要写的是政论性、科学性或观念性的文章。我在国内写通俗科学性的文章，就常想，这篇文章写出来以后，普通读者是否能够接受？于是我立了三个原则：信、达、趣。

"信是讲真话，这一点对像我这样受过长期科学训练的人，比较容易做到，不会讲错。达是文字表达要清晰。还有就是要有趣味，因为这些文章并不是给专家看的，而是要吸引一般读者。话说回来，在副刊上要吸引人，实在很难和三毛小姐的文章相竞争的。"

三毛微笑着继续听我说。

"至于政论性的文章，可能更难写，因为它会影响很多人。刚才说科学性的文章要信、达、趣。那么政论性的文章就要把'趣'字改成'慎'字。事实上，我所写的三种不同类型的文章，像普通的散文棋桥之类，因为属于自己的乐趣，自然水到渠成，轻松愉快。科学是本行，所以写这类文章也还好，只要把它清楚准确地表达出来就可以了。至于政论，最耗时费力。大致上写一篇政论性文章，所花的时间和精力，可写五篇科学性文章，或十篇棋桥类文章。

"每个人都有他应尽的责任，而我在思想及科学上都曾受过一点训练，在这种情形下，我应该把我所知道的写出来。这是我对自己写这三类文章的不同看法。"

三毛很仔细地听完我的话，接着说："我要说的是，我的文章是身教，不是言教。而且实在分析不出自己的文章，因为今天坐在沈先生的旁边，我要用一句话作为结束，印度诗哲泰戈尔有句散文诗'天空没有翅膀的痕迹，但我已飞过'。这句话对于那个叫作三毛的人来说，是一个最好的解释。因为你要说三毛是什么？她实在说不出来。我再重复一次'天空没有翅膀的痕迹，我已飞过'。"

在柔和而富磁性的余音之中，我说道："这是羚羊挂角，不着痕迹。"

我们结束了这次生动的对话，虽然观点不一致，见解颇有别，然而由于两人都富有传奇的色彩，有与众不同的经验和理想，这样的智慧撞击如星火浪花，即使没有轨痕翼迹，却袭人历历，萦旋不去了。

三毛后来成为我的好友，很谈得来的朋友。她是一个很能爱人，也懂得爱人的人，尤其是当一个人心灵受创的时候。我有一次永不会忘的经历：一天傍晚，下着大雨，我茫茫然地跑去敲三毛的门，她看我淋得像只落汤鸡，又没有先打电话，有些诧异，但一句话也没问，只说快点进来，在走廊上，我告诉她一位我深爱的，也是她的好友的女孩刚刚结婚了。她把手伸出来，让我牵着，也牵着我，走进她小小的、摆满了各式各样在我看来是稀奇古怪的摆饰的房间，泡了杯咖啡，让我喝了，又帮我把皮鞋脱下，用吹风机就身上把衣服吹干，让我躺上床，用绣着各种各样小动物的丝棉被帮我轻轻盖好，然后坐在屋里唯一的、和房间比起来略显得大了些的沙发上，静静地听我诉说，我慢慢地诉说，温暖从她身上散发出来……

第二天早上，我睁开眼睛，她还蹲伏在沙发里，那沙发愈发显得好大好大。

有位潜心禅佛、相信心灵沟通的朋友，常讽刺我有智无慧。真的，即使先天有点慧根，也被后天的"智"掩盖了。三毛是很相信灵异现象的，有些真真假假的故事、奇奇怪怪的理念。有一段时间，我们常被电台报章请去对话，号称两极对话。真的是两极，我们很能沟通，但是不想也不能说服对方，我们是好朋友，但永远是遥远两极的朋友。

三毛其实是很寂寞的。当有人，有些是根本不认识的读者，需要温暖时，来寻找她，她一定不吝给予，而且在给人温暖的时候，自己也感觉到温暖。但当众人散尽，热闹过去，她也觉得寂寞，需要别人温暖的时候，却有人海茫茫之感。

大概在那个雨夜之后的六七年，一天晚上十一点多钟了，忽然被电话铃声惊醒，迷迷蒙蒙中听出是三毛的声音，她说有一个很动人的鬼电影，就在我家隔壁的忠孝戏院上映，她想去看午夜场，问我愿不愿意陪她去看。我实在很倦，第二天一早还要开会，就对她说：改天吧。她有些失望地挂了电话。那一阵子，她一个人住在一栋十一层公寓的顶楼，过几个礼拜，又接到她的电话，多半是深夜，偶尔是清晨，说什么躺在阳台的女墙上，望着下面车水马龙的街道睡着了，梦见和荷西一齐飞过台北的天空等等。最初我十分担忧，说："那怎么可以，翻个身掉下去可不得了！"隔着电话却听到一个很认真地回答："没有关系的，荷西会护着我的。"这是一道我永远无法了解、无法逾越的墙，后来她再这么说这些真真假假、假假真真的话，我就不搭腔，只是岔开去，说些她感兴趣的杂事，她也会叽叽喳喳地接下去，可是这次，她只是挂了电话，再也没有声音。

三四天后，我在报纸上看到，三毛在荣总病房的浴室自缢身亡。

那个动人的鬼电影名字是《人鬼情未了》。后来在飞机上、电视上常被重播，我每次看到，就会想起那个雨夜，想起那个蹲伏在大大沙发中的小小身影。

田长霖、沈君山世纪访谈

伯克利大学是美国顶尖的教育与学术机构，田长霖以华裔之身，而能出掌该校，他的成就，是全球华人的里程碑。

田长霖，一九三五年七月二十四日出生于湖北武汉，一九四九年随家人到台湾，台大机械系毕业后，在美国路易斯维尔大学取得硕士学位，二十四岁时获得美国普林斯顿大学博士学位。他是国际上"热辐射"与"热传导"的权威，曾获得许多教育奖项及被加州大学伯克利分校学生票选为"最佳教授"，一九九〇年更打破该校一百二十多年来的传统，成为第一位亚裔校长。今年卸任校长的他，被媒体誉为"现代大学史上学术领导典范"，在美国学术界创造了杰出的治校传奇。自从教育主管部门明确宣示经费分配将优先从高等教育转向中小学教育之后，公立大学自筹比率增加，各校积极向外募款，成效却不彰。前美国加州大学伯克利分校校长田长霖指出，世界各国在民主化的趋势下，教育经费必然缩减，大学必须积极因应，他以亲身经验说明学校如何开源节流，包括募款策略、建教合作经费、调配预算等；他认为，学校出去募款时，最重要的目的不该只是为了钱，而是要社会了解、信服学校的理念，才能让民众长久地支持学校。

募款策略：推广理念、结合社会，且要科学化、系统化

田长霖：世界民主潮流已无法抵挡，但会产生一些问题，全世界像教育、科技、环保等这些需要长期投资，无法立竿见影的施政都面临经费困难的问题。以美国为例，众议员几乎从来不提增加教育或研究经费的方案，他们每两年要选举一次，所以需要立竿见影的政绩，因此长程方案的预算就吃亏。

不管欧洲、美国、日本、中国大陆，各国教育预算缩减的趋势都是相同的，其中高等教育的问题更加严重，因为广大的家长重视中小学教育，就有大量选票督促政府分配预算，但高等教育，尤其是研究所教育就缺乏争取经费的力量。现在台湾对大学财源问题可能尚未很重视，但学校不能一直因循过去的做法，否则会有很大的灾难。像我一九五九年加入美国加州大学伯克利分校时，学校预算有80%是州政府经费，一九九〇年担任校长时，只剩50%的经费来自政府，在州政府逐年削减教育经费下，如果学校不采取前瞻性的做

法，将会尝到苦果，所以我一上任就朝开源与节流两方面来进行。

以开源来说，募款是美国大学很重要的经费来源，台大曾经反映岛内环境，很难接受学校募款，但美国公立大学在十五年前募款也是一样困难，因为民众都认为学校本身就是拿人民缴给政府的税在办学，那民众何必还要捐钱。像十五年前伯克利一年只募到美金两千万元，我接任时是九千万元，卸任时达到两亿元，许多州立大学校长一上任都说募款不可能成功，因此到现在成绩还是很差，但只要自己认为一定会有办法，就可能成功。

当初我采取的募款策略有三，第一是要矫正全民公立大学不需要募款的错误观念，当时我常常到全州每一个角落去演讲，告诉听众伯克利分校未来状况，强调政府的高等教育经费未来一定会降低，如果州民不支持学校，将来高等教育一定会衰退。此外，我也指出，要靠附加价值高的产业才能带动地区市场经济发展，像旧金山湾区中最蓬勃的经济发展区，都发展高附加价值产业，如计算机、微电子工业、无线通信、生物工程等，都是世界经济的主流。台湾地区要比亚洲其他地区进步，也必须走这条路，所以一定要让民众知道，想要发展此型产业，就一定要靠很好的大学、研究机构、产业的相互配合，所以绝对要支持高等教育。

学校也配合捐钱可以减税的措施，来吸引民众捐款。此外，学校还谋求募款的专业化、系统化，也就是让募款成为专业性行业；

比如说，美国各大学都设有一名副校长专门负责领导员工募款，而伯克利还聘有两百名员工专门负责募款，斯坦福有三百名，哈佛甚至五百名工作人员专门负责募款，副校长与员工都必须经过专业训练，学校并且以募款约十分之一的比率作为薪水来激励员工冲刺募款，才能达到很好的成果。

有人说，伯克利募款成功是靠校长亚洲人脉的捐款或特别的手段，其实不然。来自亚洲的款项只占募得款项的5%~7%，其他大部分还是靠美国的大富翁，所以募款要成功绝对要科学化、系统化，人员要经过训练，措施要从长久进行规划。

发展"重点大学" 沈君山语重心长

沈君山曾是台大足球队长、篮球队长，美国围棋本因坊冠军，两次世界桥牌赛亚军、台湾十大杰出青年，文武精通，被称为"公子"。随着大学法揭示的大学自主精神和政府财政拮据，岛内公立大学院校从八十四学年度起，已陆续自筹20%以上的校务基金。甫卸下校长职务的前清华大学校长沈君山认为，募款是大学目前遭逢最困难的事。教育主管部门应聘请了解高等教育的人士成立大学委员会，由该委员会负起高等教育政策、法令和经费分配等谘议决策之责，并锁定岛内一两所学校发展为"重点大学"，设置董事会，人事、会计的管制从宽、发展自主，但要求从严；学校里不适合的单位人事就淘汰，提升台湾高等教育的竞争力。

沈君山也指出，"教授治校"一词被误解，导致大学的校务会议兼教授会和董事会之责，事实上，学校的四个主体：校长、教授、学生、董事，应各司其职。教授对学术审议有决策权，但对学校行政只有咨议权。

以下是对谈摘要

沈君山：岛内的大学教育发展到现在是美国化，有两个最大的转变，一项是决策民主化，另一项财务自筹化，要开始自己募款。但决策民主化，只走了一半，而岛内和美国的情形不一样，麻省理工学院（MIT）每年的经费都比台湾高等教育整体经费还多，更别提美国加州大学伯克利分校了。

台湾现在有一句很流行的话，"民之所欲，长在我心。"这句话从"最高的领导者"、"教育主管"，乃至于大学校长都不会反对。另外，还有民之所"利"，长在我心，这个"利"的本身有长远的利，也有目前的利。不能只为迎合民之"欲"，而忽视了民之"利"。

中国的传统上，从孟子以降都讲究"民本"，不是民主，所谓的"圣君"，要看到人民的长远和目前的利，而自己决定就做了，并未经过选举产生。这种情形到了近代也是如此。谈不上什么民主，但重视民本；现在则当然有了民主，也不能忘记民本。所以，"民之所欲"和"民之所利"两者必须同时考量。尤其教育是长期投资，是长期的利，不应只迎合人民短期的欢迎，但现在似乎太重视后者。

在这种情形下，教育的经费在"当局"预算的这块大饼中没有增加，政策对高等教育的经费比例也已经不再调升，台湾或岛内教育的未来发展基本上将以中小学教育为优先，高等教育经费也移向中小学教育；大学的部分，私立的补助增加，少数研究性质的大学经费分配也将与一般大学一视同仁。这三种趋势都显示了"当局"有意引导高等教育走向大众化，大众化不是不好，但绝对产生不了一流大学。以清大为例，现在清大的经费比起五年前已缩减了三成，只剩百分之七十。

而其间还有一个很严重的问题，就是政策和执行面往往脱节。教育主管部门的文官体制对大学有一些不好的"影响"，因为能管大学教育的常务官，往往是不懂大学的。尤其是决定大学的人事、会计等运作。

再说到大众化，这是个很危险的事。像德国的大学从前是世界第一的，现在被搞得一塌糊涂，其原因来自德国二三十年前的一次教育改革，导致德国所有人都能念大学了；当时人人欢迎，但现在都成三流大学，使得德国总理科尔的儿女都得送到美国念书。这种现象有点像台湾现在的情况，满足了所有人念大学的需求，却没顾及高等教育其实资源很有限。台湾教育以前是相当成功的，我们可以走美国大学的路，但千万不可走德国的路，现在岛内教育走的路和德国很像，一连串改名的科技大学就是最好的例子。大众化究竟好不好，值得进一步探讨。提到募款，前行政部门教改会曾建议教育主管部门设置大学委员会，负责公立大学的拨款、政策，并为修改相关高等教育法令做出建言，但没有获得实施。教育主管部门以前就像是公立大学的董事会，现在则因大学自主，管不着也没有能力管大学了；未来，教育主管部门要让大学政策自主，必定要设董事会严格要求系所的淘汰率，放松对大学人事、会计、审计的管制，学校自然会在三年到五年内走上轨道。至于美国方式的募款未必能适用岛内的大学，我们的大学校长还是应以培养人才、树立学风为重。

董事会的任务是可任命大学校长，发挥监督大学校长的功能，除评量校长外，也可评定大学发展的方向，可以增加但也要淘汰学校的单位。

类似公法人性质的董事会设置后，董事成员应包含企业界成员，可以接纳来自企业界的声音，让他们知道大学"钱是不是有效地用"和"钱要用来做什么"，也增加企业界的董事，帮忙负起替大学"找钱"的责任。这样，少数一两所大学，受到企业界的认同，再加上建教合作，经费自然会充裕些，才会达到国际水平的起步。

"教授治校"被大家误解是很可惜的事。大学的主体有四：校长、教授、学生和董事会，校长负责提出政策，做学校行政执行的工作；教授为学术研究做出决策，并提供学校行政的谘议；学生则应学习自治，所以包括伙食、住宿都应学习自我管理，对校务尤其是教学的部分，也可向学校提出建议，但没有决策权。至于董事，负责监督学校政策及经费支出等事宜，并且是校长向之负责的对象，其向教授、学生咨询，甚至调查，是决定校长任命信息的来源。

大家必须能够厘清这种"四角关系"的互动，否则像有的大学，校务会议光出席人数就超过两百人，既决策，又监督，变得"四不像"，对学校发展是不利的事。

募款的目的不该只是向人要钱，而是把学校理念推广出去，与社会结合，让大众感觉到如果我不支持你这所大学，对自己及社会的未来不利。

其实，募款对学校是具建设性的，以伯克利为例，自从募款大量增加后，行政人员开始重视形象，因为如果有贪污、挪用公款等情况，任何州民都不会愿意捐钱，募款间接促使行政效率提高，一切更趋向制度化；教授也不再只做象牙塔内的研究，而开始思考如何能与社会结合；学校也积极重视学生的感受，因为学生家长是最好的传播手段。我当时每天都会找时间在校园和学生谈天，找出学校需改善的地方，学生满足地告诉家长后，家长对学校的向心力就会增强，而透过家长人际网络向外传播，学校的声誉就会更好，也更容易得到社会支持。

除了募款外，学校对于建教合作经费也该妥善规划。当时伯克利一年拿三亿美元的建教合作经费，是学校三分之一的收入，学校教授认为，研究经费经由教授自己去申请，行政单位不要管，但我认为这是错误的观念，行政单位对于教育经费都该有前瞻性的策划。

我考量美国已经面临后冷战时期，军事航天的经费一定会缩减，今后与民生相关研究会增加，所以我提出了投资组合管理的观念，因此规划了学校内申请三分之二的建教合作经费作为基本研究，而把原有占四成以上的国防、航天的应用性研究降为三分之一。

一九九〇年正式实行时，我把美国科学基金会（National Science Association）及国家卫生研究院（National Institute of Health）的两项委托研究比重各列为三分之一，其他应用研究三分之一，遭到部分教授反对；不过，我并不强迫教授选择研究，只是用引导、鼓励的方式，吸引教授做这方面的研究，也就是教授如果愿意做健康或基本科学的研究，校长室会拨钱提供奖励，结果三年内就达成规划的比率。最近两年，美国国防及太空预算下降了百分之二十，各大学纷纷叫穷之时，这两个机构的经费不断增加，使伯克利的研究经费仍持续成长，证明大学研究经费还是必须有所规划。

此外，在节流方面，不管在台湾或美国，大学都不太可能取消原有的系或研究所，只有从调配预算下手，一所大学要有决心做前瞻性的变化。像当初学校认为应该成立神经科学系及信息科学学院，但没有经费，学校就与各院系主管商量决定，总预算下降3%的情况下，每系所的预算都缩减5%，其差额让学校调配基金成立新系所，也是很好的做法。至于教授治校方面，岛内理念其实有误解。像美国各校都有一部学校宪法，根据加州大学伯克利分校的规定，由教授会制定长远校内学术方针及政策，而由校长采取责任制，主持日常行政工作；我赞成校园要有民主化的风气，但不能让教授完全裁决校园行政事务，如果像台湾要开个两百人以上的校务会议才能决定事务，校长如何能够决定任何有前瞻性的方针，如何领导行政系统。

我认为，真正好的领导人一定会得罪某些人，所以最好的办法是成立董事会，让校长有一定任期，表现好就继续做，不好，董事会就请校长走路；这样，校长才会有胆量放手去做，也才能产生有特色的学校，而这正是岛内体制上需要改进的地方。

此外，台湾的公立大学校长遴选过程正逐渐改变，过去校内民主风潮过热，校长的产生完全按照投票选出是不正确的，我赞成教授可表达意见，但不能成为决定性的因素，应该还有许多参考资料；而且，遴选过程不该完全透明化，否则没有人敢说真话。

这次参加清华大学的校长遴选工作时，清大采取成立校长遴选委员会的方式来寻找与学校理念相同的人选，避免了普选所带来的负面影响，就是个很好的楷模。

（杨蕙菁、廖敏如整理记录）

——原载一九九七年十二月八日《联合报》

二进宫

《二进宫》是一出评剧的剧名，讲明朝一位大臣二度进宫，帮助皇后、太子夺回皇权。此处我借来叙述二度中风的经过病中感想。世上二度中风能活下来的本就不多，还能写文章的就更少了，所以本文有些"独家"的味道，弥足珍贵的。

本文开始之前要先说明一下，就是我两次生病经验中有些讽刺批评医院医生的地方，事实上总体而言，岛内的医疗制度是不错的，对病人身体上、心理上都能有很好的照顾。当然，因为我的人脉，我是较特殊的病人，不是通例。但比起英美，岛内制度算比他们好的，一般先进国家的医疗体系会将病人身体照顾好，但不重视心理层面的照顾；东方传统则重视心理，身体照顾上却不太科学；岛内医疗两者都有照顾到，而且我们没养成病人告医生的习惯，在美国有些律师以此为生，而医生因为要保护自己，只好收很高的医疗费作为保险，于是恶性循环，医疗价格愈来愈贵，质量却愈来愈差。

孔夫子把推己及人作为做人的最高标准，能推己及人便近乎仁。只是，医生和病人之间有些基本的矛盾，因为双方处境和知识有太大的不同，医生每天要看上百个病人，用公平的心把关注分给大家，已经很合理，但对于病人自己，生命只有一次，没了就是没了，而且因为对病理缺乏认识，医生说的每一句话就都会放大来看。因为"人""己"之间有如此的不同，一方面认为合理的，一方面会认为冷漠；一方面认为本应如此，一方面会认为无理取闹。所以只是推己及人恐怕还不够，必须从角色互换的角度去体谅，这就很不容易。

我第一次中风是六年多前一个星期六下午，在下着毛毛雨的一个傍晚，自己撑着雨伞走进急诊室报到。因为是周末，只有一个值班的见习医生在，他看了一下，拿不定主意，说分不清是溢血还是栓塞，要观察一下，让我到一个小房间的病床上去休息，却不知这一休息就休息了近二十个小时。不过不久，家人也来了，但因为没有经验，既然医生说观察就只有观察，到了第二天中午，手指脚趾渐渐全不能动了，才紧张起来，打电话给原本相识的副院长。他马上来了，但他是肠胃科医生，只有再去找真正的脑科专家，下午四时才开始紧急处理。后来回想这段经历，当然十分怨气，但再想想，自己也不是没有过失，那个小医生牺牲了周末来值班，他的知识经验或许只能做这样不错的处理。事已至此，只有调整自己，去适应未来。但汲取了一个教训：在生死攸关的重大问题上，还自作清高不去找关系是十分愚昧的。不过这教训代价太大了。

中风后两三周，是最难熬的时刻，病情稳定了，也知道以后大概的生活限制，忽然觉得像掉进一个泥沼，而且以后一辈子都要陷在这个泥沼中，心理非常恐慌不安，总想理出个头绪来，就问主治医师，以后可能的变化。

医师经历多了，了解我这类凡事不弄清楚就不甘心的人，就老实地对我说，复健有空间，但也有极限，而且二次中风的或然率，要比一般人高，五年内大概有50%的再发机会，主要要看你自己。这些冰冷的话，他用非常诚恳的态度说出来，使我觉得他没有骗我，没有把我当傻瓜。那我也得面对现实。生死的问题，我过去想过，也参加过一些安乐死之类的讨论会，有一定的哲理认识，但那是学术性的，谈的是别人的事，现在降临到自己身上，得落实规划一下，先想"死"，想了三条，写成生命遗嘱的法律形式，大意是：

"我确信如何处理个人之生命乃个人之基本权利，因此在因病或其他原因使本人身体受到伤害：

一、此伤害使本人陷入长期痛苦且无法正常生活之状态；

二、此状态将无法复原；

三、维持生命对家人及社会造成沉重之负担。

在此上述情形皆确定时，本人希望以积极的方式有尊严地走完人生，届时或将寻求相关人士直接或间接的协助，以寻求生命之终止，为避免上述人士负担道义上或法律上之责任，特此立遗嘱。"

构想此遗嘱时，我是以二度严重中风病人的情况做参考，在复健病房，每天都可见到这样毫无尊严也没有意义拖延着生命的病人。遗嘱写完后，分送给律师和有关亲友，也写在《浮生后记》第一章里。这样，把如何死规划好了，心里踏实很多，就来处理如何生的问题。那可复杂得多，单求生并不难，但要生得有生趣、有生机却不容易，着实过了两三年才调适过来。

最近两年生活非常单纯，大部分时间在清华，每天早上写文章一两个钟头，或在计算机上打打桥牌、下棋，下午就做复健、散步，每个星期来台北两三次，处理三个基金会的事，一年出国两三次，像我一个月前就刚到美国看孙女，生活调适得很好。但不知道，第二次中风忽然降临到我头上。

第一次中风之后，妻带着儿子晓津在台北读小学，跟建构式数学奋战，我独居在新竹，请个管家照顾我三餐。八月五号礼拜五晚上上床时，已经觉得脚很重，但不知已是二度中风的开始，半夜两点多想起来如厕时却爬不起来，才知事态严重：我再次中风了。

当时第一个反应是打电话找人，但也知道只有力气打一两个电话，所以找的人一要可信赖，二要能干、会安排、不会乱。我直觉地想到纪政，她和我二十五年前有过一段炽烈的感情，现在还是最堪信赖的朋友，曾在我第一次中风时全力帮助我复健，而且她各方关系也好。

我伸手去拿电话，手指却不听使唤，电话机在面前，就差那么一点儿。我叹口气对自己说，这也许是我此生最后一个电话，现在不打，力气只会越来越小，就再也打不成了。我深吸一口气，沉思默念一番，猛地手伸出去，这一伸，似乎长了半个手臂，居然触到了电话。但却无法打，只好用力将电话勾过来，茶几上东西乒乒乓乓打翻，也顾不着了，一寸一寸把电话勾到眼前。屋内暗暗的，开灯是无力的了，只好闭着眼，按着方位，一个个把号码按下去，头两次都拨错了，而且错到同一个号码，一个半夜被吵醒的倒霉人，第一次他还耐性解释说打错了，第二次火大了，就直接开骂，用闽南话骂，我没听懂，咕噜咕噜地回答，他大概也没懂，只好在此补个抱歉。

第三次重复默想一番，确定了号码和方位再按。这次响了，可没人接。我耐心等它一直响下去，终于有人接了，有点睡意的声音，我一听就知道是纪政，松了一口气。她说请问是谁，我说我是沈君山，我中风了，这下她清楚了，马上醒过来："你中风了？"我说"是"，心里一块石头放下，知道打通了。

不到二十分钟，管家、119都被纪政找来了，这段时间中我想了一想，接下来该怎么做。决定了三点，一是先送新竹马偕急救，再送台大，马偕离我家只有三五分钟的路，但接下来一定要送台大。二是到了马偕，我请他们用最强的药打点滴，医生却只愿打点滴，值班的都是实习医生，但第一时间处理帮助很大。三是等纪政从台北赶下来再上路，因为我知道没她，即使早点到台北，也一定找不到病床。果然，不久后台大打电话给马偕，说病人别来了，没病床。纪政马上打电话给叶金川，他是台大毕业的校友，人缘又好，一调就调到病床。我这三个决定都很重要，一是去台大，因为在医院的伦理，一个医生开始处理了，别的医生都不愿意再碰，而我知道我的病历都在台大；二是马上打抗栓塞的点滴，我有经验了，中风后的头几分钟很重要，虽是惨痛的经验，总是识途老马；三是在马偕等纪政，没有她，随便找一个人不行。

到台大，照了核磁共振、超音波等。从前主治我的医师在美国，还没回来，别的医生不愿碰，但叶金川有个朋友黄教授替我看了，说很严重，中风的地方在脑干，就给我先做处理。

有个小插曲蛮有意思，我这一路上过来，一直碰到实习医生，每个人都用一支铅笔在眼前晃来晃去，左晃到右，又右晃到左，让我的眼珠跟着动，然后问我两个问题："你叫什么名字？三加二等于多少？"大概是试我的神志清不清楚。但他们每个问题都一模一样，到了第五个人，我厌烦了，这次是个大概七年级的实习医生，又问我三加二等于多少，我看了他一眼，决定跟他开个玩笑，就说三加二等于四。他吃了一惊，问我："三加二耶，等于多少？"我故意扳着已经渐渐不能动的手指，用茫然的眼光看着他："三加二啊？喔，等于四。"

他好紧张跑了出去："沈教授不得了了，他说三加二等于四！"这时来了个年纪大一点的医生，我向他神秘笑了一下，他才知道我在捣蛋。

另外一件趣事，是后来发生的，到了台大医院，护士们告诉我，林志玲就住在楼上，我开玩笑说，能不能看她一下，这当然不可能，说过也就算了。但次日，管家从新竹赶来，却弄到一张林志玲的海报，把它贴在墙上。妻看见了，十分不以为然，说："满身挂了瓶瓶罐罐，墙上还贴林志玲，太不相称了，也显得轻浮。"我那时还能清楚地说些话，就辩称："现在整天都看些丑陋古怪的形象，包括镜子里的我，晚上瞄一眼林志玲，才不会做噩梦。"主治医师是十分通达的人，听了我的辩解，嘻嘻地笑出来，接着说："也对，对心理健康有益，我们就让林志玲做中风小天使，挂在墙上无妨的。"病房里面医生最大，有了他的批准，就万事合法了。消息传出去，送花的朋友们少了些，送林志玲海报的却一大堆，现在（中风后两周）我有十三张林志玲的海报，看来可以开特展了。

星期六清晨坐到了台大，原来的主治医师还没回来，并且也要等检查的结果，黄医师先给我开了一般的药。星期一主治医师从海外回来，一切检查也都出来，会诊之后，主治医师告诉妻，情形不乐观，第二次中风，又是中在脑干部分，再延续下去，可能全身瘫痪也可能危及生命。他建议用血管摄影再彻底检查一次，如果大血管有问题，马上开刀，小血管有问题，用抗凝血剂，这都是危险度很高的。尤其开刀，也许只有一半的机会，要她具结，医院会尽力做，但不能负责。妻说君山的生死观她很清楚，还早写好了生命遗嘱，她签字没问题，但现在他自己神志很清楚，你不妨问他。主治医师是很通达的，也看过《浮生后记》里面讲生死的一章，就来问我。我说一切听你的，但有个但书，作为我们的君子协定。在救护车从新竹上来时，我仔细地想过，在选择的顺位上，倒过来排。一是昏迷不醒的植物人，二是四肢瘫痪，三才是死亡，因此要他答应我，假如不行的话，与其成为植物人或四肢瘫痪，不如让我走，这样不至于连累他人，自己也痛快些。主治医师爽快地答应了第一位，换句话说，若成为植物人，就让我走，但无法答应第二位，他说这不合法，他不能做违法的事。我想了想确实如此，法律走在伦理后面，伦理走在科技后面，这是人自找的麻烦，本来"天"帮你解决的问题，硬要人定"胜"天，但其实人只能在战役上胜天，永不能在战争中胜天，二十世纪人定"胜"天已臻极致，环保、生态、生死都引出种种问题，二十一世纪就要人定"和"天，但科技跑太快，法律伦理都跟不上，我既然只活到二十一世纪初，就要遵守二十一世纪初的法律伦理才行。何况要判断什么叫"四肢瘫痪"也有技术上的困难，眼珠还能跟着铅笔动，算不算瘫痪呢？人生泰半原是由不得已的！叹口气，也只好同意，替对方想，各让一半，也算是妥协吧。

自从星期六进医院后，手足一刻比一刻软弱，根据第一次中风经验，一开始复健至少有一段时间，不能处理事情，因此星期一上午，我把秘书及两个出版社的编辑都找了来，下午为进摄影房签了具结书，还有三四十分钟才能进房，正好把一些未完的事一一交代。首先是明天星期二，原定去溪头吴大猷科学营和黄荣村校长对话"如何打造第一流大学"，黄在教育主管任内编列了五年五百亿的预算，有一些构想牵涉到清交合并，我对他的看法不太赞同，已经交锋过好几次，但尽管政见不同，却都能谈得来，朋友还是朋友，乃相约在今年的科学营好好辩论一次，由参加的学员做评判，现在显然无法应约了，乃交代秘书请吴大猷基金会的执行长彭宗平校长代我应战，还告诉他不可口软，好好地修理黄"前主管"一番。第二件事，是四十五天前和张忠谋共宴，谈起一本书《甘地之道》，讲竞争双方解决冲突之道，我以为是本好书，向他推荐，并答应送他一本，就告诉秘书把这件事当天办了。第三件事是一本漫画故事书《沈爷爷讲围棋棋王故事》已经写完很久，但缺一篇序，拖在那儿，"汉声"九月要出版此书，我告诉编辑，没法写序了，就口述几句话代序，大致是说，假如做一件事带给自己快乐，也带给大家快乐，那就是最快乐的事。这套故事书，我讲时很快乐，若也能带给阅读的小朋友快乐，那便更加快乐了。第四件事是把上次中风后写的第四本书《浮生再记》，补些照片。交代了这四件事，快三点了，我觉得心情愉快，泰然进了血管摄影室，准备接着进开刀房。

妻后来跟我说，看我兴高采烈地进去，不难过也就罢了，兴高采烈些什么？我说，先讲一个希腊神话，传说是世上的第一个女人的潘多拉，神给了她一个袋子，说里面装满了各种东西，要她千万不要打开，但好奇是女人的天性，有一天还是将袋子打开，想瞄一眼。瞬间各种妖魔鬼怪、妒忌、怨恨、病痛、战争都跑出来，潘多拉吓坏了，赶紧关起来，于是最后留住了一样东西，叫作"希望"，从此地球上充满了各种灾祸，但还有"希望"。只要还有一丝希望，就有一缕光明，人就可以凭着希望走下去。

生老病死四件事，想象中应以生最苦，在完全陌生漆黑的通道里，凭着直觉挣扎前进，通过一道道关卡，只有母体的蠕动帮忙，但是那时并不自觉，当然以后更没有记忆。死的痛苦主要是心理的，死是一切的终结，从此人天永隔，假若从小我看，唯一的我没了就是没了，确实很绝望，但从群体看，好像树上的叶子，不去旧黄哪来新绿？

对抗绝望恐惧，宗教信仰也许最有效，心中有个天堂，或者轮回来生，至少那就有了希望，一切并不就此终结。但并不是人人都能真正有信仰的，至少像我，虽然明知"持分明知不能证真如"，平时也不去想那想不通的生死大道，但要我真心去相信那并无理性知识支持的天堂与来生，却也是不能。我能懂的是大我与小我之分，亿万众生，个人不过沧海之一粟，"不去旧黄，哪来新绿？"但这只是理性的理解，感性上还是难以绝对超然的。我有一个很有学问的朋友，中风住院后，他打电话来慰问，说他自己心脏也不好，这两天就要去装支架，心情也很消沉。我说很羡慕他这样得心脏病的病人，要么就好了，要么就干脆走了，不像中风拖拖拉拉的，复健以后也不过维持一个打了折扣甚至没有生活的生命。

我进血管摄影房又准备接受开刀时，心情十分泰然。七十三岁了，前面六十七年，健康快乐，老天给我的条件很好，该做的事也已做了。现在，第一次中风是连本第二次中风是带利，老天要拿回去，本来应该就此结束，但世事也由不得已，还是得跟世上的伦理规范走，开刀打抗凝血剂是一个机会，也许就此走了，岂非正好。但就此决然告别尘世，总也有些依依不舍，一半一半的机会，却给你希望。人生烦恼，泰半是由有抉择要负责而来，现在一切交给医生，心情自然就轻松起来。

　　检查出来，医生向我恭喜，说大血管没问题，只是微血管栓塞，打抗凝血剂就可以了，那只有百分之十的危险，说实话，那时我反有些怅然若失，既然走不了，看来只有面对现实，慢慢调适自己，总希望不要真的四肢瘫痪才好，人生本来就有两条路，该放手时要放手，既然放不了手，只有在现实条件下快乐地活。

　　在告别中风，进入复健之前，我注定还要有一次经历。

　　从摄影室出来，打了抗凝血剂，就被送去加护病房。六七年前吴大猷先生生命末期，在加护病房度过两三个月，那时我常来看他，所以我对加护病房并不陌生。直觉中，加护病房应该是一个肃穆安静的地方，刚刚相反，嘈杂得很。大部分加护病房的病人都没有知觉，不是很清醒，所以加护病房里的护士总是叽哩呱啦讲话没有忌惮。病床侧有一个量压剂，二十分钟量一次血压，然后将数字显示在病床对面的显示器上，平常病人昏昏沉沉的，大概也不会注意，我却很清醒，慢慢看出什么是收缩压，什么是舒张压。显示的数字十分惊人，收缩压90，舒张压60（收缩压正常值为110至140，舒张压为70至90），我吓了一跳，把护士找来，护士看了也吓一跳，又找来住院医师，她亦十分紧张，就建议为我打升压剂，提高血压，我不放心，坚持要主治医师同意，但他们找不到主治医师（那时是凌晨两点），另外找一位教授问了，他却不同意，说升压剂不能随便打，同时住院医师又打电话给我太太，说"沈君山病危"，把我太太从床上拉起来。在等待她来医院期间，大家没事做，住院医生于是建议由护士用手再量一次血压。这一次，收缩压是135，是正常值。搞半天，原来是机器坏了，要不是我有凡事弄清楚的习惯，医生说什么就相信什么，升压剂一针打下去，就完蛋了。妻却半夜赶来，在加护病房外等了一夜。

受了这般折腾，加护病房里又热又闷，睡在床上手脚不能动，护士们在外面叽叽呱呱，实在很生气。昏迷的病人其实大多是有知觉的，只是表达不出来，而死亡时最后失去的是听觉，又想起吴大猷先生在加护病房昏迷不醒地住了一个多月，去世前一周，李政道先生特地来看他，眼珠还能动一下，岂不是更痛苦？想到这里，油然兴起一种使命感，光自己生气没用，一定要把这些感觉写出来，一方面替病友申冤，一方面也为自己出气，或者还可促进医院有些改进吧！想到这里，气消了一些，也不觉得那么热了，大概是心静自然凉的缘故，居然昏昏沉沉地睡了。次日（八月九日）上午十点，一觉醒来，身上的瓶瓶管管少了一些，终于活着出加护病房了。

当天下午，主治医师告诉我："你已经脱离了危险期，现在是你感觉最虚弱的时候，四肢瘫痪，言语不清，但这些都是正常的，以后会进步，当然不会完全复原，但会进步，进步多少，要看你复健的努力。"这话我听得懂，因为有过一次经验，这次只会更困难，一条漫长艰苦的路，正等着我。

后　记

出加护病房的第二天，老友张作锦带着当天的《联合报副刊》兴冲冲来看我，上面载着我新出《浮生再记》上的一篇文章《审预算》，那是九歌的编者月前送去的，原是为了配合出书作为宣传，却提前刊出了。副刊主编是好意，作锦兄是热心，却不禁令我想起近二十年前的一桩往事。

一九八二、一九八三年间报禁尚未开放，是两大报（《联合报副刊》《中国时报》）的黄金时代，广告都要排队拜托人，才登得上，相对的，竞争也非常激烈，痖弦主编的《联合报副刊》和高信疆主编的《人间》对着干，想点子，抢作家，用尽心机。那时我也算是个够格的专栏作家，有时送稿去，顺便在报社叨扰一顿夜宵，但很少去《联合报副刊》。

有一天晚上，十二点左右，在总编辑室和张作锦闲聊（那时他是总编），见副刊室灯火通明，有些好奇，因为副刊不用等新闻，平常十点左右就打烊了，就踱进去。只见主编和四五个人围着一张桌子，愁眉苦脸又紧张兮兮，桌上摊着两份大样，一份是普通的副刊，另一份也是副刊，但刊头有一个斗大的标题《张大千特辑》，上面琳琅满目地布满了各方名家写的悼念大千先生的短文。大千先生病重已有多时，他若去世，在艺坛是大事，大千先生掌故又多，出个特辑绰绰有余，这是副刊大显身手的好机会。但副刊编得早，又非人人有倚马千言的文才，事先约稿、届时刊出，是常有的事，一周前《人间》还向我约悼大千先生的稿，以琴棋书画四事相连，要我从棋谈谈传统文人的艺术修养，我以相去太远，没有答应。

忽然，桌上的电话响了，主编抓起电话，只是静听："嗯……嗯……"最后说："随时联络。"放下电话后，紧皱着眉头，在屋里踱来踱去，很像电影里大将在发令决战前的神情，最后，又像宣布决策，又像自言自语地说："上吧，医生说他撑不过今晚了。"这话大家一听就懂，也有点疑惑，但还是七手八脚地忙着改版。版是现成的，吵吵嚷嚷了好一阵子，也就完事了，已经是晚上一点多。大家松口气，正准备回家，桌上电话又响了。

"喂，怎么？动了？"

"医生怎么说？"

"知道了，再等一阵子。"

主编像泄了气的皮球，情况显然无法掌握。

"怎么样？"一个年轻的记者问。

"食指又动了一下。医生说大千先生生命力很强，没把握，拖过今天也不一定。"

满屋子茫茫然了，怎么办呢？精心策划了许久的特辑就摊在桌上，没把握上，可被"他们"抢了先又不甘心，只好再等，反正两点钟截稿嘛。大家就等着，满屋沉闷的气氛，一点五十分，主编又和山上守在病房外的记者通了个电话，没变化，还是拖拖看。

忽然一位年轻的记者忍不住了："拜托拜托，合作一点好嘛，我们马上就要截稿了。"大家听了不禁苦笑一声。

那天，大千先生始终没有合作，次日凌晨才去世，两大报刊的同仁都空等了一晚，还是蛮公平的。

我回想到这里，忍不住笑出来，《联合报副刊》的主编这次可能也失望了，我也不合作。

——写于二〇〇五年九月一日台大医院